시원찮은 그녀를(히로인) 위한 육성방법

FD
판다스쿨

마루토 후미아키 지음

미사키 쿠레히토 일러스트

이승원 옮김

목차

원화, 그래픽 담당

사와무라 스펜서 에리리
Eriri Spencer Sawamura

blessing
software

멤 버 명 단

시나리오

카스미가오카 우타하
Utaha Kasumigaoka

기획, 프로듀서, 감독

아키 토모야
Tomoya Aki

음악

효도 미치루
Michiru Hyodo

메인 히로인

카토 메구미
Megumi Kato

Saenai heroine no sodate-kata. Fan Disk

제 **1.5**화

성가신
그녀를
어르는 방법

Saenai heroine no sodate-kata FD

동인지 즉매회란 매우 훌륭한 자료에 따르면 동인지를 배포, 반포, 판매하는 집회를 가리킨다.

일본 오타쿠 문화의 상징이나 다름없는 이벤트이며, 행사장 안에서 유통되는 만화, 애니메이션, 게임 관련 동인지를 닥치는 대로 구매하는 자, 팔아치우는 자, 구매한 후 중고샵에 파는 자 등, 각양각색의 사람들이 참가한다.

그 중에서도 『팔아치우는 자』, 즉 책을 만드는 인간은 오타쿠로서의 업(業)이 깊다고 할 수 있다.

취미를 위해 며칠을 밤샘하는 데다, 사생활을 내팽개치면서까지 그것에 빠져들기 때문이다.

오봉#1과 정월#2 같은 휴일을 전부 투자해 이벤트에 참가하여 부모에게 걱정을 끼칠 뿐만 아니라, 진학과 취직 및 결혼을 포기해가면서까지 썩어 들어가는 자들.

너무 몰두한 나머지 인간관계를 망치고 마는 자. 거꾸로 골 때리는 인간관계를 구축하고 마는 자.

또한 동인지 판매를 주된 수입원으로 삼고, 소득 신고도

#1 오봉 매년 양력 8월 15일을 중심으로 지내는 일본 최대의 명절.
#2 정월 우리나라의 설날에 해당하는 일본의 명절로, 양력 1월 1일. 즉 정월 초하루를 시작으로 보통 3일까지가 연휴이다.

하지 않으면서(개인적인 이미지입니다) 이 일을 직업으로 삼는 자.

그런 사람들에게 있어 가장 중요한 날은…… 이벤트 당일이 아니다.

이것은 한 동인 작가가 펼친 격전의 기록. 그렇다. 이벤트 직전, 입고 마감을 코앞에 둔 시기에 벌어진 이야기다…….

뭐? 편견이라고? 뭐가?

※　※　※

"예, 예. 알아요……. 앞으로 한 시간…… 표지는 열 시까지 꼭 보낼게요!"

테이블 위에 놓인 시계는 오후 9시 15분을 가리키고 있었다.

"예? 현재 상황요? 아, 그게…… 슬슬 러프 작업이 끝나고 펜선을 넣을까나~ 하는 참이에요"

방 안에 흐르는 BGM은 모 동영상 사이트에서 찾은 90년대 애니메이션 송 메들리.

"아, 아뇨! 흑백이 아니라 당초 예정대로 컬러로요! 색칠할게요, 할 수 있어요, 반드시 해낼게요! ……으음, 자정까지는요."

그리고 수화기에서 들려오는 상대의 긴장된 목소리와, 그 목소리에 답하는 더 긴장된 목소리.

"아, 근데 자정까지 보내는 거면 아침 여덟 시에 보내는 거나 별반 차이 없죠? 그러니 야마카와 씨가 내일 아침에 출근하실 때까지는 반드시 보낼게요!"

그런 소리에 섞여들 듯 펜을 놀리는 희미한 소리가 끊임없이 들린다는 사실이 이 절망적인 상황에서의 유일한 희망이다.

"예? 아, 아뇨. 저기 그건……. 자, 잠깐만 기다려주세요!"

그리고 나는 고개를 돌렸다.

그 한줄기 희망을 향해 말이다.

"어이, 에리리!"

"지금 바쁘니까 말 걸지 마!"

"내가 이런 상황에 처한 건 100퍼센트 너 때문인데 꼭 그렇게 매몰차게 말해야겠냐……."

이 불합리한 희망의 빛은 전화 너머의 상대와 절박하기 그지없는 이야기를 나누는 나를 신경 써주는 것 같은 비효율적인 짓은 하지 않았다.

참고로 말하자면 엄청나게 나쁜 자세도 고치지 않았다.

등을 둥그렇게 굽힌 그녀는 안경이 원고에 닿을 만큼 얼굴을 책상에 들이민 자세로 열심히 펜을 놀리고 있었다.

"무슨 일이야? 바쁘니까 간단하게 말해."

"오늘 안으로 원고를 입고하지 않으면 인쇄비를 2할 올리겠다는데……."

"알았어. 낼게."

"속전속결?!"

그런 그녀의 이름은 사와무라 스펜서 에리리.

찰랑거리는 금발과 새하얀 피부를 하늘께서 내려주신 영국계 혼혈 아가씨.

아버지가 외교관인 타고난 상류층 아가씨.

그렇기 때문에 학교에서도 평판이 좋은 미소녀.

그리고 나의 소꿉친구.

그야말로 메인 히로인 냄새가 풀풀 나는 소녀지만…….

"인쇄비를 올린다고 해봤자 10만 엔도 안 될 거야. 이번 책은 페이지가 적거든."

"그 금액이면 3쿨짜리 애니메이션 BD를 살 수 있다고."

"찍어낸 책을 다 팔아치우기만 하면 전혀 문제 안 돼!"

"너, 중소 서클 앞에서는 절대 그딴 소리 하지 마……."

원고 집필 중에는 머리카락도 피부도 엉망진창.

외국인 오타쿠인 아버지와 부녀자(腐女子) 어머니에게 영재교육을 받은 순수배양 은폐형 오타쿠.

그래서 이벤트 때도 평판이 좋은 인기 동인 작가.

하지만 결국은 나의 소꿉친구.

이런 완벽하기 그지없는 뒷설정^{숨겨진 얼굴}이 그녀의 모든 것을 썩어 빠지게 만들었다.

"좋아. 표지 선화(線畵) 완료. 나는 지금부터 네임 작업을 할 테니까 이걸 색구분해둬!"

"궁지에 몰렸을 때의 네 작업 속도는 인정하지만, 나를 노예 부리듯이 하는 건……."

그리고 그런 부잣집 아가씨의 저택으로 납치된 내 이름은 아키 토모야.

동인 게임 프로듀서이자 입안자이자 디렉터이기도 한 멀티 크리에이터이자 고등학교 2학년.

압도적인 카리스마가 느껴지는 직함을 지니기는 했지만…….

"그 전에, 내가 왜 이런 짓거리를 해야 하는 거야?"

"어쩔 수 없잖아. 이벤트가 모레에 열린단 말이야."

"그게 인쇄소와의 교섭과 야식 심부름, 그리고 CG 작업까지 떠넘기는 이유가 된다고 생각해?"

눈앞에 있는 동인녀에게 있어서는 사기꾼이자 일만 잔뜩 벌려대는 녀석, 그리고 부려먹기 딱 좋은 잡일담당에 불과한 것 같다.

한 번도 게임을 만들어본 적 없다고 바보 취급을 하다니…….

"어쩔 수 없잖아. 아빠와 엄마는 대사와 함께 영국으로 돌아갔단 말이야."

"……어딘가의 전하가 연 만찬회에 참가하러 가신 기랬지?"

"정말! 딸이 마감 때문에 죽도록 고생하고 있는데 정말 무사태평이라니깐!"

"아니…… 그 두 개를 비교하는 것 자체가 가능하냐?"

그건 그렇고, 이런 내가 밤늦게까지 여자 방에, 그것도 그녀와 함께 아침을 맞이한다고 하는, 리얼충이나 미소녀게임 주인공이 경험할 법한 상황에 처한 데에는 다 이유가 있었다.

지난 달, 어떤 일을 계기로 미소녀게임을 만들라는 하늘의 계시를 받은 나는 그 계시를 실현하기 위해 삼고초려를 해가면서 최강의 원화 스태프를 끌어들였다.

사와무라 에리리

그 후 이 녀석은 동인작가, 소꿉친구, 그리고 금발의 트윈테일이 흔히 지닌 말괄량이 본성을 마구 드러내며 나에게 무모한 요구를 해댔다.

동인지용 자료 수집, 시험 대비용 공책 확보, 인터넷 예약과 옥션 대행, 블로그와 트위터에서의 에리리 대역…….

그리고 결정타가 바로 오늘 일이다.

어찌된 영문인지 고용주인 나는 피고용인인 에리리의 서클 활동 관련 잡일을 전부 담당하면서, 그녀와 힘을 합쳐 마감과 싸우고 있었다.

10년 전에는 내 등 뒤에 딱 달라붙어 있는 의존 타입이었는데, 어쩌다 이렇게 된 것일까.

7년 동안 남들 보는 앞에서는 절대 나에게 말을 걸지 않았으면서, 대체 어쩌다 이렇게 된 것일까······.

"그건 그렇고, 이번에는 정말 위험해······. 본문이 한 페이지도 완성되지 않았는데 앞으로 24시간밖에 남지 않았다니, 그야말로 전인미답의 경지네."

"이벤트 전날에 원고를 입고하는 것도 말도 안 되는 짓인데, 밤까지 질질 끌 생각인 거야?!"

"걱정하지 마. 엄마가 현역일 때부터 이용한 인쇄소니까······ 괜찮을 거야. 아마······."

전인미답의 경지에 도달하려고 하는 것은 네가 아니라 인쇄소인 것 같은데······.

"어이, 에리리. 이렇게 됐으니 솔직하게 말할게."

"이렇게 됐으니 솔직하게 말하지 마."

"이번 이벤트는 포기하겠다는 선택지는······."

"내가 말하지 말랬지?"

"하다못해 오프셋 인쇄는 관두고 그냥 카피 책으로 한다든가······. 페이지를 줄이고 러프 일러스트 정도로 얼버무리는 거야."

"그런 짓을 어떻게 해! 너, 내 책을 사러온 사람들을 뭘로 보는 거야?!"

"미, 미안······ 내가 잘못했어."

분노에 찬 에리리의 진지한 목소리를 들은 순간, 내 몸에 전류가 관통하고 지나갔다.

그렇다. 아무리 동인업계에서 활동하고 있다 할지라도, 이 녀석은 엄연한 크리에이터인 것이다.

질과 양, 전부 떨어지는 책을 내놔서 자신의 작품을 기대하는 팬을 배신하는 것이야말로 가장 해선 안 되는 폭거…….

"그리고 네가 한정 카피 책의 무시무시함과 공허함을 알기는 해? 밤새서 필사적으로 그리고, 꼭두새벽에 편의점에서 허둥지둥 복사를 한 후, 개장 전까지 필사적으로 스테이플러질을 해야 한다구. 그렇게까지 해도 이쪽은 적자인데, 되팔이 목적인 더미 서클 녀석들은 몇 번이나 줄을 서서 산 내 책을 야후옥션에 올려서 떼돈을 번단 말이야!"

"뭐, 뭐어~?"

"게다가 책을 못 산 녀석들이 자근자근 씹는 건 그런 되팔이 놈들이 아니라 나야! 그런 녀석들일수록 내가 한물갔다는 소리를 해댄다구! 그렇게 내가 기분을 잡쳤는데 내 작품은 스캔본이 되어서 인터넷에 나돌아다니고 있단 말이야!"

"넌 인터넷을 안 하는 편이 좋을 것 같아."

분노를 품은 에리리의 진지한 목소리를 들은 순간, 독기가 내 온몸을 가득 채웠다.

역시 이 녀석은 동인 건달이야. 동인업계에 흔하게 굴러다니는 쓰레기야.

"그렇게까지 말할 거였으면 애초에 왜 이렇게 늦은 거야? 좀 더 빠른 시기에 계획적으로 작업을 해나갔으면……."

"……작가의 원고가 늦어지는 데 이유 같은 것은 없어."

"……꺄아, 멋져~."

동인계에서 알아주는 벽서클 egoistic-lily의 인기작가 카시와기 에리, 본명 사와무라 에리리…….

뭔가가 함축된 듯한 그 한마디는 사실 전혀 멋지지 않았을 뿐만 아니라 완벽한 자업자득이었지만, 그 말에 극도로 공감한 나는 냉정한 평가를 내릴 수 없었다.

다들, 마감은 꼭 지키도록 해~.

※　※　※

"……저기."

"…………."

초목도 잠들지만 오타쿠는 잠들지 않는 심야 애니메이션 시간대.

"저기 말이야……."

"말 걸지 마. 지금 작업 중이란 말이야."

"색분할 같은 단순한 작업에 뇌의 리소스를 쓸 필요 없잖아? 허튼 소리 하지 말고 내 말 좀 들어봐."

그런 「개인적 골든타임」에 텔레비전도 못 보고, 익숙하지 않은 화상 편집 소프트(포토샵)와 악전고투 중인 나에게 에리리는 무자비하기 그지없는 발언을 했다.

"무슨 일이야?"

"네임이 안 그려져."

"그래? 힘내."

"내가 원하는 건 격려가 아니라 결과물. 아이디어, 소재, 가능하면 네임 그 자체야."

참고로 말하자면 그녀의 발언은 무지막지하게 자기중심적이었다.

"……왜 나한테 그런 소리를 하는 거야?"

"너는 이 작품에 훤하지? 어차피 몇 번이나 봤을 거잖아."

"뭐, 리얼타임으로 보면서 흥분하고, 녹화해뒀던 걸 보면서 모에를 느끼고, BD로 또 보면서 울어대고 있는 중이긴 해."

이번에 에리리가 소재로 삼은 작품은 『그 눈의 프리즘』.

이번 분기에 방송됐던 오리지널 애니메이션이다.

눈이 내리지 않는 땅, 시즈오카 현(편견)에서 기적적으로 가랑눈이 내린(편견) 겨울의 어느 날, 주인공인 코헤이가 발견한 기억을 상실한 소녀.

그녀와의 동거생활, 그리고 그녀라는 존재가 지닌 수수께끼를 중심으로 친구들과의 우정과 인연, 질투와 배신을 덧없이 묘사한, 전기(傳奇) 타입의 상큼 끈적 청춘군상극.

……그건 일단 제쳐두기로 하고…….

"네 책이잖아? 그러니까 네가 직접 짜."

"하지만 나는 그 작품을 3화까지만 봤단 말이야."

"뭐?! 그럼 왜 그걸로 동인지를 그리는 건데?"

"왜긴 왜야. 지금 가장 화제가 되고 있는 작품이기 때문이지."

"하아, 정말……."

이 작품은 이번 분기 애니메이션 중에서 매상 순위는 세 번째였지만 인터넷 상에서의 화제성은 넘버원이었다.

게다가 얼마 전에 완결됐기 때문에 수요가 높은 데 비해 이 작품으로 동인지를 만들어서 내놓는 서클은 적다. 즉, 군침이 돌 정도로 절묘한 틈새시장인 것이다.

정말, 이 녀석은 이런 포인트를 절대 놓치지 않는다니깐.

하지만 그렇다고 해도 보지도 않은 애니메이션의 동인지를 내놓는 건 완전 이상하잖아…….

"실은 끝까지 볼 생각이었지만 5월부터 바빴거든……. 어떤 동인 서클의 대표가 뚱딴지같은 소리를 해대서……."

"뭐든 시켜만 주십쇼!"

하지만 아무리 이 세상이 불합리로 가득 차 있다고 해도 어쩔 수 없다.

프로듀서 겸 디렉터는 캐릭터 디자인 겸 원화 담당에게 절대 복종한다.

이것은 게임 제작에 있어 절대 깨지지 않는 불문율인 것이다.

"토모야는 이 작품의 2차 창작이라면 어떤 게 보고 싶어?"

"나는…… 역시 우이와 주인공의 러브러브가 땡겨."

이 작품의 메인 히로인의 이름은 아마메 우이.

그 이름은 좀 그렇지 않나…… 같은 생각이 들 정도로 뻔한 이름을 지닌 기억상실 소녀다.

참고로 1화에서 주인공이 그녀와 만난 장소는 미호노마쓰하라[#3]다.

"『그 눈』의 캐릭터 디자인은 모에 타입인데, 스토리는 엄청 어두워서 본편에서는 좀처럼 모에를 느끼지 못했거든. 그 점을 동인지로 보완하고 싶어."

처음 PV가 공개됐을 때는 에로틱한 하렘 러브코미디로 전개될 거라고 생각하며 엄청 기대했는데, 뚜껑을 열어보니 답답함과 질투, 그리고 수라장의 온퍼레이드였다.

뭐, 그림체와 스토리의 갭 덕분에 수많은 어른 팬들을 획

#3 미호노마쓰하라(三保の松原) 시즈오카 현 미호 반도(半島)에 있는 경승지. 선녀가 내려와 바닷가에서 놀 때 날개옷을 걸어뒀다는 노송나무가 존재한다. 참고로 아마메 우이(天女 羽衣)의 이름에 쓰인 한자는 일본어로 '선녀'와 '날개옷'을 가리킨다.

득할 수 있었으니 딱 잘라 나쁘다고는 할 수 없을 것이다. ……바로 나 같은 팬을 말이다.

그래도 『우이땅과의 모에모에 동거 생활을 좀 더 보여 달라고!』 하고 주장하는 팬들은 여전히 인터넷 상에서 항의활동을 펼치고 있었다. ……바로 나처럼 말이다.

"별 것 아닌 에피소드라도 좋아. 단 둘이서 식사를 하는 장면이나, 어깨를 맞댄 채 한 이불을 덮고 자는 장면, 둘이서 목욕탕에 갔는데 우이가 먼저 나와서 밖에서 기다리고 있을 때 눈이 내려서 새빨간 비누통이 덜덜 떨리는 모습 같은 거 말이야."

"딴죽 날릴 데가 엄청 많지만 전부 무시하고 딱 잘라서 한 마디만 하자면, 엄청 흔해 빠졌네."

하지만 에리리의 반응은 냉담하기 그지없었다.

"그, 그래? ……2차 창작적으로는 왕도라고 생각하는데 말이야."

"그럼 묻지를 말라고." 하고 대답하는 것은 좀 전에도 말했듯 디렉터와 원화가의 관계상 무리다.

"나는 그런 히로인이 싫어."

"그런 소리 하지 마. 남을 저주하면 구멍 두 개#4라는 말도 몰라?"

#4 남을 저주하면 구멍 두 개 원문은 人を呪わば穴二つ. '남'을 해치려다 도리어 자신이 해를 입는다'라는 뜻의 속담.

"……그 말은 우이가 2인조 양아치에게 앞뒤로 능욕 윤간 당하는 이야기가 보고 싶다는 거지?"

"대체 사고회로를 어떤 식으로 굴리면 그런 결론에 도달 하는 건데?!"

"네가 여자애 앞에서 하면 안 되는 소리를 했기 때문이잖 아!"

"응? 나는 그저 속담을 말했을 뿐인데?"

국어 잘하는 선배가 가르쳐준 속담인데…….
<small>카스미가오카 우타하</small>

"뭐랄까, 그 우이라는 애는 너무 팔방미인이라서 인형 같 아. 마치 스토리 속에서 억지로 움직이는 느낌이야."

"그렇구나……."

"그래서 나는 인간 냄새가 나는 마리코가 좋아."

나기사 마리코는 주인공인 시노즈카 코헤이의 소꿉친구다.

천진난만한 우이와는 대조적으로, 말수가 적고 음험하며 수수한 캐릭터다.

이 작품의 답답함…… 즉 부정적인 측면을 혼자서 담당하 고 있으며, 중요 캐릭터지만 어두운 역할을 주로 담당하는 히로인.

물론 코헤이에게 마음이 있다는 뒷설정은 흔들리지 않 는다.

그리고 다시 한 번 말하지만 소꿉친구다. 아무런 의도나

의미도 없지만, 아무튼 소꿉친구다.

"뭐, 확실히 그런 감상도 이해는 돼."

그도 그럴 것이, 인간의 감상은 천차만별이다.

그러니 누가 어떻게 받아들이든, 거기에 대해 반론을 제시할 권리는 시청자에게는 없고, 할 생각도 없지만…….

"하지만 나는 작품을 있는 그대로 즐기는 타입이거든."

"아, 그러셔?"

그런 이들을 주는 대로 받아먹는 유저라면서 비웃는 녀석들도 있다.

"그게, 아무리 봐도, 이 감독은 우이에게 인기가 몰리도록 작품을 만들었잖아. 그럼 그 흐름에 따르는 편이 이 작품을 더 즐길 수 있지 않겠어?"

하지만 주는 대로 받아먹는 게 뭐가 나쁘다는 거지?

흔한 스토리에 필요 이상으로 감동하는 게 뭐가 나쁘다는 건데?

그런다고 불행해지는 팬은 없잖아!

……적어도 꿈에서 깰 때까지는 말이야.

"너는 옛날부터 그랬어. 항상 왕도를 추구하지."

"최대파벌인 토모라고 불러줘."

"주위 사람들을 밀쳐내고서라도, 따라오지 못하는 인간을 내버려두고서라도 말이야."

"무슨 소리를 하는 거야?"

"……."

"에리리?"

분명 『비웃는 녀석』 중 한 명일 거라고 생각했던 에리리는…….

"미안하지만 좀 집중해야 할 것 같으니까 방해하지 마."

"으, 응……."

왠지 언짢음 오라를 마구 흩뿌리면서 입을 다물었다.

"……."

"……어?"

슬슬 오타쿠도 잠드는 심야 애니메이션 종료 시간이다.

하지만 우리는 아직 한 숨도 자지 않고 원고의 바다에 빠져 있다.

마감까지 몇 시간 남았더라……?

※　※　※

"……저기."

"……쿠울."

"잠깐만……."

"……으응?"

"…………."

"쿨…… 쿠울……."

"…………."

"……앗?!"

눈을 떠보니, 커튼 사이로 아침 햇살이 쏟아져 들어오고 있었다.

겸사겸사 시계를 쳐다보니, 이미 오전 아홉 시가 되고도 15분 정도 지난 상태였다.

으윽, 오늘이 토요일이라 다행이야……. 만약 이른 아침에 특촬물과 애니메이션이 하는 일요일이었다면 무시무시한 사태가 벌어졌을 거라고.

"미, 미안! 깜빡 졸았어."

……가 아니라, 입고당일에 나 지금 뭐하고 있는 거야?

"네 파트는 끝났으니까 괜찮아. 그리고 표지도 인쇄소에 넘겼어."

"에리리……?"

평소 같으면 나를 마구 매도했을 에리리가 지금은 묵묵히 작업을 하고 있었다.

뭐, 여전히 자세는 최악이지만 말이야. 저럴 거면 안경을 쓰나 안 쓰나 별 차이 없지 않아?

"으, 으음…… 아침은?"

"아직 안 먹었어."

"그럼 내가 사올게."

"응. 부탁해."

이렇게, 내가 눈을 뜬 후부터 우리는 평소와 다름없는 대화를 나눴다.

좀 전의 약간 거북했던 분위기는 내가 잠든 덕분에 깔끔하게 사라진 것 같았다.

아무래도 내가 잠들어 있던 사이 마음을 정리한 것 같았다.

그래서 에리리도 나에게 불평을 늘어놓지 않는 거야. 응, 틀림없어.

"쇠고기 덮밥이 좋겠네. 밤샘해서 배고플 테니까 네 건 특곱배기로 사올게."

"……여자애에게 아침부터 뭘 먹이려는 거야?"

"그럼 샐러드도 사올까?"

"그 전에 양부터 줄여. 보통으로 충분하단 말이야."

아, 문제는 메뉴가 아니었구나…….

"결국 스토리는 어떻게 됐어?"

"보지 마."

"남을 밤새도록 부려먹어 놓고 이제 와서 숨기는 거냐……."

아침 식사를 끝내고 방에서 쇠고기 덮밥 냄새가 사라지기도 전에 에리리는 작업을 재개했다.

……뭐, 평범한 동인지 작가라면 이미 이벤트 참가를 포기했을 시간이니 저러는 것도 당연할 것이다.

"……마리코와의 러브러브 스토리야."

"그렇구나."

메인 히로인 우대에 난색을 표한 에리리와, 좋아하는 히로인이 능욕당하는 것을 보고 싶지 않은 내 생각이 합쳐진, 적당한 절충안이다.

"너 때문에 순애물로 했으니까…… 안 팔리면 전부 네 탓이야."

"서브 히로인을 주인공으로 삼은 네 탓이잖아."

적당한 절충안…… 맞지?

"능욕도 없고, 가장 인기 있는 히로인도 나오지 않는 이상…… 내용으로 승부할 수밖에 없겠네."

"그래."

『동인지는 거의 표지로 승부가 갈리잖아』 같은 본질론은 라이트노벨이나 다른 장르에도 적용되니 이번에는 자중하겠다.

"그렇다면 꽤 진한 H씬이 필요하겠네……."

"……역시 이번에도 성인물이야?"

"일반 동인지는 돈벌이가 안 된단 말이야."

"사, 사랑만 있으면 매상 같은 건……!"

"헛소리 하지 마! 아무튼, 지금부터 H씬 네임 작업을 시작할 거야."

"그, 그럼 나는 방해가 안 되도록 다른 방에서 쉬고 있을 테니까······."

"어딜 도망가려는 거야. 너는 코헤이의 대사를 담당해."

"나한테 에로 시추에이션 상상을 시키지 마! 미성년자라고!"

"나도 미성년자니까 문제 될 거 없어!"

"차고 넘치잖아!"

하느님, 부처님, 청소년보호법 님······ 부디 불쌍한 저를 구해 주시옵소서.

"코헤이, 코헤이······. 괴로웠어, 힘들었어, 외로웠어."

"그건······ 마리코가 멋대로 괴로워했던 거잖아. 나는 항상 너를······."

"거짓말, 거짓말이야······. 넌 우이가 나타났을 때부터, 그 애에게 계속 끌렸잖아."

"그건······."

"계속 불안했어······. 코헤이와 멀어질 것 같아서······ 나를 두고 하늘로 올라가 버릴 것 같아서······."

"무슨 소리를 하는 거야······. 내가 마리코를 두고 갈 리가 없잖아."

"코헤이······ 기뻐."

"그러니까 웃어줘, 마리코."

"······응."

"그래, 역시 너는 웃을 때가 가장 귀여워."

"……"

"그러니까 앞으로도 계속 내 곁에서 웃고……."

"……저기."

"응? 마리코, 왜 그래?"

"슬슬 넣어. 페이지가 얼마 안 남았단 말이야."

"미, 미안…… 마리…… 에리리."

격렬해지고 있는 펜 놀리는 소리.

끝없이 이어지는 불안하면서도 풋내 나는 심리 묘사.

그리고 거친 숨을 내쉬는 두 사람.

"아, 아파……."

"미, 미안. 일단 뺄게."

"페이지 얼마 안 남았다고 했잖아! 너는 빨리 움직이기나 해!"

"으, 응……."

……동급생 여자애의 방에서 에로틱한 대사를 말하는 남자 중에서 실제로 관계를 가지지 않은 녀석의 비율은 얼마나 될까.

"더…… 더 사랑해줘."

"좀 전부터 계속 말했잖아……. 이 세상에서 가장 사랑해."

"말만으로는…… 믿을 수 없어."

"그럼 어떻게 하면 믿어줄 건데?"

"나를 범해줘."

"뭐……."

"나를 보며 더욱 흥분해줘."

"…………."

"엄청난 짓을 해줘."

"………………."

"다른 여자애에게는 도저히 할 수 없을 만한 짓을."

"…………………."

"뭐든 허락해주는 나한테만 할 수 있을 만한, 그런 엄청난 짓을……."

"노오오오오오오오오~! 엄청난 짓을 하고 있는 건 지금의 우리라고오오오오오~!"

"현실로 돌아오지 마! 죽고 싶어진단 말이야!"

"나는 이미 108번 정도는 죽은 것 같은 느낌이거든?!"

"모처럼 흥이 나기 시작했으니까 흐름 좀 끊지 마!"

"너 남자랑 단 둘이 있으면서 잘도 이런 작업을 하는구나!"

"마감 직전에는 모든 실수가 정당화된다구!"

"나중에 후회하게 되어도 나는 모른다고!"

"빨리 다음 대사나 해! 존(zone)에 들어간 동안에 다 그리지 않으면 빈껍데기가 되고 말 거야!"

"작가는 정말 고생이 많네!"

"자아, 여기서 사랑해 홀드…… 아니, 그건 라스트의 질내 ○정 씬에 쓰는 편이 좋겠지. 그러면 뒤치기가 적당하려나……. 저기, 순애물에서도 항○ 플레이 정도는 해도 되겠지? 응? 코헤이?!"

"나는 토모야다아아아아아아~!"

그리고 한 시간 후.

"죽고 싶어……. 나, 죽어버리고 싶어."

"그래서 내가 말했잖아……."

이곳에는 격렬한 수치 플레이 끝에 빈껍데기가 되어버린 두 사람이 있었다.

신체적으로는 아무 일도 없었는데도, 그들의 정신을 뒤덮고 있는 격렬한 허탈감은 완전히 거사 다 치르고 난 후의 현자 타임을 연상케 했다.

"이 일을 남한테 말하면 죽여 버릴 거야."

"말할 리가 없잖아, 이 바보야."

"이건 전부 이틀 동안 한숨도 안 잔 탓이라구!"

"뭐, 그 덕분에 마리코다운 격정적인 네임을 그리긴 했네."

"그, 그래? 실은 나도 꽤 괜찮은 네임이라고 생각해."

"아…… 그렇구나."

왜 내 주위의 여성 작가들은 하나같이 창작에 대해 이렇게 진지한 걸까.

※　※　※

커튼 틈으로 흘러들어오는 햇빛은 이미 서쪽으로 꽤 기울어져 가고 있었다.

"이제 몇 장 남았어?"

"으음…… 세 장. 그리고 후기가 남았어."

"그럼 이제 두 시간 정도면 끝나겠네."

인쇄소에서 이 원고를 기다리고 있는, 휴일 출근 중인 담당자와 잡은 진정한 마감까지 앞으로 세 시간 남았다.

어떻게든 기한 안에 끝냈다……. 이 녀석은 한 번 불붙으면 정말 빠르다니깐.

게다가 퀄리티도 평소와 별반 다르지 않으니 정말 무시무시해.

"원고 입고는 그렇지만, 나는 끝나려면 스무 시간 정도 남았어."

"그 말은……."

지금으로부터 스무 시간 후면 일요일 열한 시다.

즉, 『이벤트가 시작될 때까지는 끝난 게 아니에요』인 것이다.

"내일 이벤트 준비를 전혀 안 했으니까…… 사흘 연속 밤 샘 확정이네."

에리리의 egoistic-lily 정도 되는 인기 서클이면 책상 위에 책 쌓아놓는 것으로 준비가 끝일 리가 없다.

판매 상품이 적힌 POP도 만들어야 하고, 포스터도 붙여야 하고, 디스플레이도 고려해야 하고, 최후미 안내용 패널도 준비해야 하는데…….

"그래서 말인데…… 이제 와서 이런 말을 하는 건 반칙일지도 모르지만……."

"알았어."

"내일 이벤트…… 뭐?"

그리고 물론 이벤트 당일에 책도 팔아야 하는 것이다…….

"알았다고 했잖아. 진짜로 알았다고. 나한테 맡겨."

"토모야……."

지금까지 결코 멎지 않았던 펜 놀리는 소리가 멎었다.

지금까지 원고에서 떨어지지 않았던 시선을 떼고 나를 쳐다보았다.

"왜 멍 때리고 있는 거야. 빨리 작업이나 해. 이렇게까지 했는데 마감 안에 작업 못 끝내면 용서 안 할 거야."

"으, 응……. 고마워."

고맙다, 라…….

그런 기특한 소리를 그런 온순한 표정으로 하면 곤란하다.

그렇다. 곤란하기 때문에 화제를 바꿀 수밖에 없다.

"내일 네 부스의 옆은 이부키 에나 씨의 부스지?"

"응? 아, 응, 그래."

"나, 개장 두 시간 전까지 갈 테니까…… 에리리는 천천히 와도 돼."

"아~, 그런 거구나."

"항상 책 사러 가기는 하는데 인사를 나눈 적이 없거든."

"그리고 그 사람, 엄청난 미인이잖아."

"게다가 성격도 천사 같다던걸? 동인판에서도 탑5 안에 들어간다잖아."

"……그게 무슨 랭킹인지는 묻지 않겠지만, 그 사람 결혼했어."

"……정말?"

"정말이야. 항상 같이 있는 서클 대표 있지? 그 사람이 남편이야."

"그런 건 알고 있더라도 입 다물고 있는 게 예의 아냐?"

"여성 작가 서클의 대표가 남자면 보통 그 사람은 애인이나 남편이야. 지금까지 알고 지내던 사람들의 8할 이상이 그랬다고 엄마가 말했어."

"너 방금 내가 한 말 듣기는 한 거냐?!"

"참고로 말하자면 남성 작가와 항상 함께 있는 코스프레 판매원은 9할 이상이 애인이거나 꽃뱀……."

"그만하자? 응? 그만하자고!"

화제를 바꾸지 말 걸 그랬다…….

※ ※ ※

"예, 예……. 그럼 배송은……."

테이블 위에 놓인 시계는 오후 9시 15분을 가리키고 있었다.

"예…… 으음, 그 시간이면 개장 전에 전부 반입할 수 있을지 없을지……."

방 안에 흐르는 BGM은 모 동영상 사이트에서 찾은 90년대 애니메이션 송 메들리.

"예, 알아요. ……하다못해, 앞으로 30분만……."

그리고 수화기에서 들려오는 상대의 긴장된 목소리와, 그 목소리에 답하는 더 긴장된 목소리.

"오케이인가요?! 예, 예……. 알았습니다. 감사합니다!"

그런 소리에 가리듯 펜을 놀리는 희미한 소리는…… 이제 들리지 않았다.

그래서 나는 뒤돌아보았다.

"어이, 기뻐해! 어떻게든 개장 전까지 맞춰주겠다고……아."

"……코올."

모든 일을 끝내고 잠자는 공주님…… 아니, 잠자는 폭군을 말이다.

"에리리……."

"으으으으응…… 쿠우우우우울."

원고를 그릴 때와 마찬가지로, 책상에 얼굴을 들이민 자세로 책상에 엎드린 채.

싸움이 끝나려면 열 시간 넘게 남았는데도 불구하고.

참고로 말하자면 자기 방에서 남자와 단 둘이, 그것도 부모님이 집에 계시지 않은 상황에서.

"으흐흐흐흐…… 쿠우우우우울~."

"바보 아냐~?"

……평온하기 그지없는 표정으로 꿈나라 여행 중이었다.

"응?"

빨리 깨워야 한다.

내일 준비를 돕게 해야 한다.

아니, 어디까지나 돕는 사람은 에리리가 아니라 나다. 이 녀석이 일어나지 않으면 내일 이벤트는 어찌 할 수 없는 것이기에.

"흐으응…… 쿠울……."

"골 때리네~."

뭐, 아무튼, 깨워야만 한다.

에리리의 egoistic-lily 정도 되는 인기 서클이면 책상 위에 책 쌓아놓는 것으로 준비가 끝일 리가 없다.

판매 상품이 적힌 POP도 만들어야 하고, 포스터도 붙여야 하고, 디스플레이도 고려해야 하고, 최후미 안내용 패널도 준비해야 하는데…….

"뭐, 열네 시간 정도면 여유롭게 할 수 있겠지……."

몇 년 전, 초등학생 시절에 몇 번 에리리의 저택에 놀러 왔을 적의 기억을 떠올려 벽장을 열어보니, 내 기억대로 그 안에는 에리리의 침구가 들어 있었다.

나는 그 안에서 모포를 한 장 꺼내 에리리에게 걸쳐주려다…….

"응……?"

『임시 대표 아키 토모야 님
내일 일은 너한테 맡길게!
egoistic-lily 카시와기 에리』

펜을 쥔 에리리의 오른손 옆에 놓인 메모를 발견했다.

"확신범……?"

분명 반쯤 졸면서 쓴 것이리라.

평소보다 더 서툰, 그야말로 지렁이가 기어 다니는 듯한 형편없는 글자.

그 글자에서 묻어나는 것은 평소의 거만함과, 지금까지는 존재하지 않았던 아주 약간의 신뢰.

그리고…….

"임시, 대표……?"

그 직함에 어떤 의미가 담겨 있는지, 나는 알 수 없었다.

※　※　※

그리고 이벤트 당일.

오전 10시 55분…… 즉, 개장 시간을 5분 앞둔 이벤트 회장…….

"책 오케이, 거스름돈 오케이, 물품 목록 오케이, 포스터 오케이, 최후미 안내용 패널 오케이…… 전부 준비 완료!"

"으, 응……."

"각자의 역할을 확인하겠어! 나는 상품 제공, 줄 정리, 혼잡 대응, 스태프 대응, 손님 대응, 그 외 이런저런 것들을 전부 맡을게!"

"고, 고생이 많겠네."

"그 대신 너는 판매원에 전념해! 간단한 일이니까 느긋하게 해."

"그, 그래?"

"그리고 개장 전인데도 불구하고 이미 대기 행렬은 세 자리수를 돌파한 것 같아. 그리고 개장 후 몇 분 안에 몇 배로 늘어날 걸로 예상돼."

"저, 정말?"

"그런 엄청난 인원을 우리 둘이서 상대해야만 해. 그리고 유감스럽게도 다른 사람의 도움은 기대할 수 없는 상황이야."

"그렇구나⋯⋯."

"그러니까⋯⋯ 각오는 됐지? 카토."

"됐을 리가 없잖아!"

"응? 왜?"

격렬한 사투의 막이 오르기도 전에, 우리 두 사람의 철벽 팀워크에 금이 가려하고 있었다.

⋯⋯뭐, 한 시간 전에 결성된 급조 팀이지만 말이다.

"일요일 이른 아침에 갑자기 연락받고 느닷없이 이벤트 회장에 끌려온 평범한 애한테, 이런 살벌한 서클의 판매원을 할 각오 같은 게 있을 리가 없잖아."

"아니, 그래도, 카토는 이제 평범한 여자애가 아니잖아. 반드시 내 손으로 초(超) 모에 캐릭터로 만들어⋯⋯."

"그런 캐릭터론(論)과 이 상황은 전혀 상관없다는 건 알고 있지? 아키 군."

그렇다. 이제 곧 처절한 지옥이 될 최전선에 있는 이는 사와무라 스펜서 에리리⋯⋯가 아니라, 카토 메구미.

전혀 특이하지 않은 이름과, 적당한 귀여움, 그리고 적당한 순진함을 지닌, 내 클래스메이트.

……그리고 봄에 운명적인 만남 이벤트를 가지고도 바로 그 존재를 잊게 할 만큼 『캐릭터성이 없는』 여자애.

모든 면이 평균에서 플러스마이너스 5퍼센트 정도로 추정된다고나 할까, 중앙치와 평균치 사이 정도인, 그야말로 절충 그 자체라고 해도 과언이 아닌 평범함의 총아(寵兒).

마치 『평범하게 재미있다』라는 평가와 함께 1년 후에는 존재 자체도 깔끔하게 잊히고 마는, 평범한 작품과 우량 작품의 중간 수준의 미소녀게임 같은 존재감을 지닌 소녀…….

"그리고 지금 나한테 엄청 실례되는 생각을 하고 있지? 아키 군."

"응. 미안해. 확실히 카토를 상대로 해서는 안 되는 상상을 했어. 용서해줘."

"그렇게 이야기의 핀트를 살짝 돌려서 사과하니까 대충 얼버무리려는 느낌이 엄청 들어."

"그럴 리가 없잖아, 나의 메인 히로인!"

그렇다. 이런 평범한 여자애이자, 어떤 초(超)대작 미소녀게임의 히로인 캐릭터로 발탁된 신데렐라.

게다가, 그 초대작 미소녀게임은…….

기획 : 나

캐릭터 디자인·원화 : 카시와기 에리

시나리오 : 카스미 우타코

디렉터 : 나

프로듀서 : 나

제작 : 내 서클(명칭 미정)

……이라는 호화 스태프들과 함께 열심히 개발 준비 중이다.

"그것보다 사와무라 양은? 이 서클은 사와무라 양의 서클이잖아."

"에리리는…… 내뺐어."

"우와~."

뭐, 미래의 슈퍼 모에 메인 히로인도 지금은 단순한 도우미에 불과하다.

"아니, 그게 말이야. 그 녀석, 실은 서클 운영을 해본 적이 없어. 항상 부모님이 대신 해주셨거든."

"과, 과보호네."

"뭐, 그 집 사람들은 에리리의 얼굴이 알려지는 걸 극단적으로 신경 쓰거든. 에로 동인 작가가 실은 여고생이라는 게 알려지면 여러모로 골치 아파질 수도 있잖아?"

"아~, 그야 뭐……. 게다가 사와무라 양은 예쁘잖아."

참고로 에리리의 입에서 나온 "스토커 같은 게 들러붙으면 어쩔 거야?"라는 설득력 넘치는 말을 들은 나는 반박을 하지 못했다…….

뭐, 오늘 아침에서야 그딴 소리를 한 그 녀석의 여유 넘치는 태도를 보고 살의가 끓어오르기는 했지만 말이야!

"그래서 이 서클과 아무런 관계도 없는데, 얼굴이 알려지더라도 화제성이 떨어지는 카토에게 도움을 요청하게 된 거야."

"나를 희생양으로 삼기로 결정한 사람은 아키 군이지? 내가 화제성이 떨어진다고 판단한 것도 아키 군이지?"

"부탁이야, 카토……. 우리의 야망을 이루기 위해 도와줘."

"또 말도 안 되는 소리로 얼버무리고 있잖아~."

마치 도박에 미친 남편이 엉엉 울면서 매달린 바람에 결국 윤락업소에서 일하게 된 마누라 같은 우리의 이런 모습은 어제오늘 시작된 것이 아니다.

왜냐하면…….

"아, 큰일 났어. 1분 후면 이벤트가 시작될 거야!"

"뭐~, 벌써? 그럼 아키 군, 한 권당 500엔이고 한도 구매 권수는 한 사람 당 두 권, 그리고 페이퍼는 한 사람 당 한 장만 주면 되는 거지?"

"나이스 기억력! 그럼 잘 부탁해, 카토!"

"때려치우고 싶어도 때려치울 수 없는 상황이잖아……. 뒤풀이 때 한 턱 쏘는 거지?"

"나만 믿어! 돈으로 해결되는 문제라면 틀림없이 사와무라 가문에서 책임지고 해결해줄 거야."

"좀 불안한데……. 아무튼, 서로 힘내자."

"응!"

거 봐. 카토 메구미라는 여자애는 이렇게 손쉬운 애라고.

정말 간단한…… 아니, 이용해먹기 쉬운…… 아니, 귀여운 녀석이야.

힘내, 나의 메인 히로인.

"그렇게 생각하면 히로인 취급 좀 해달란 말이야~."

"아, 미안. 무심코 생각이 입 밖으로 나오고 말았어."

(최초 수록 : 드래곤매거진 2012년 9월호)

제 **2.5**화

졸린
그녀를
달래는 방법

Saenai heroine no sodate-kata FD

『후시카와 언데드매거진』.

그것은 후시카와 쇼텐에서 간행하는 격월간 라이트노벨 잡지다.

그 잡지에는 후시카와 판타스틱 문고 작품을 소개하는 기사와 단편 소설, 코미컬라이즈 연재 등의 매력적인 콘텐츠가 잔뜩 실린다. 라이트노벨을 좋아하는 유저라면 절대 놓치지 않도록 공식 사이트에서 정기 구독을 신청할 것을 권한다.

자아, 그리고 지금 새로운 라이트노벨 작품이 탄생하려 하고 있다.

그 작가의 전작이자 데뷔작인 『사랑에 빠진 메트로놈』은 사전 평판은 별 것 아니었다. 하지만 뚜껑을 열고 보니 전 5권 50만부 판매라는 매상을 기록하며 넘버원은 아니지만 히트작으로서 유저의 머릿속과 업계에 뚜렷하게 각인되었다.

그리고 이번에는 그 히트작의 혈통을 이어받은 새로운 시리즈가 충분한 준비 끝에 시작하게 되었다. 그러니 언데드 매거진 측에서 특집 기사를 짜는 것은 어찌 보면 당연한 흐름이라고 할 수 있을 것이다…….

　　　　　　　　※　　※　　※

　『자아, 그럼 녹음을 시작하겠어요. ……카스미 선생님, 바쁘실 텐데 이렇게 인터뷰에 응해주셔서 감사합니다.』

　『그런데 마치다 씨. 왜 윤리 군이 여기에 있는 건가요?』

　『느닷없이 이야기 좀 끊지 마요, 우타하 선배…….』

　『이야~ 그게 말이야. 시~ 양도 TAKI군도 내 말 좀 들어봐! 지금까지는 외주 라이터인 사사키 군이라는 사람에게 이 일을 맡겼어. 그래서 이번에도 그에게 부탁할 생각이었거든? 그런데 갑자기 잠수 탔지 뭐야. 이거 외에도 이런저런 일들을 맡겨놨기 때문에 이쪽도 곤란해져서 아키타에 있는 본가까지 찾으러 갔는데 결국 못 찾았어. 뭐, 사사키 군의 아버지도 행방을 모르는 것 같아서 먼저 사사키 군을 찾으면 연락을 해주기로 약속한 후 도쿄로 돌아왔지. 그런데 얼마 후에 그 아버지한테서 일전의 약속은 없었던 걸로 해달라는 연락이 왔어. ……지금에서야 사사키 군이 본가로 도망쳤다는 게 감이 왔지 말이야. 어떻게 하면 좋을 것 같아?』

　『마치다 씨도 시작하자마자 그런 추잡스러운 이야기 좀 하지 마요!』

"스톱, 스톱!"

내가 지시를 내린 순간, 스피커에서 흘러나오던 또 다른 내 목소리가 갑자기 멎었다.

"카토. 여기서부터 5분 정도 분량은 그냥 넘겨버려."

"정말 그래도 돼? 꽤 재미있는 내용이잖아."

"확실히 재미있기는 하지만, 절대 기사로 삼을 수 없는 내용이거든……."

항상 방과 후에 모여서 서클활동을 하는 학교 시청각실.

……옆에 있는 방송실.

영상 및 음향용 기재로 가득 찬 네 평 정도 되는 이 잡다한 공간은 시청각실의 컨트롤 및 전교 방송 등에 쓰이는 학교의 관제탑이다.

이 좁은 공간에서 현재 두 남녀가 녹음된 음성 데이터와 격투를 벌이고 있었다.

한 사람은 나, 핸들네임 "TAKI", 모멸적 호칭 "윤리 군", 아키 토모야.

토요가사키 학원 2학년이자, 아직 이름도 정해지지 않은 동인 게임 서클의 대표.

드디어 본격적인 게임 제작이 시작되면서, 디렉터 업무와 제작비 장만에 불타고 있는 열혈 사나이.

그리고 다른 한 사람의 이름은 카토 메구미.

같은 반이 되고 이름을 외우는데 보름 넘게 걸릴 만큼 인상이 옅은 클래스메이트이지만, 우여곡절 끝에 함께 방과 후 게임 제작 서클을 만들게 된 소중한 동료.

그리고 언젠가 내 게임의 메인 히로인이 될 숙명을 짊어지게 된 불쌍한…… 아니, 행운의 여신.

그리고 이렇게 단 둘이 있는데다, 방음이 잘 되어서 아무리 고함을 질러도 소리가 밖으로 흘러나가지 않는 방송실에 끌려왔는데도 전혀 나를 경계하지 않을 만큼 거리낌이 없고, 내 감정을 자극하지 않을 정도의 안도감을 갖춘, 귀엽지만 "캐릭터성이 없는" 여자아이.

"그럼 진짜로 넘겨도 되는 거지?"

"그래. 부탁해."

우리가 현재 하고 있는 것은 인터뷰의 문서화 작업이다.

문서화 작업이란 대화를 녹음한 테이프나 녹음기의 음성을 들으면서 그 내용을 타이핑하고, 읽기 쉽도록 내용을 추가하거나 문제의 소지가 있는 부분을 수정해서 지정된 분량에 맞추는 작업을 말한다.

이렇게 음성에서 문자로 변환된 문장이 잡지에 기사로써 지면을 장식한다. 그렇기에 출판 작업에 있어서는 매우 중요한 작업이다.

그리고 출판사의 입장에서 매우 중요한 작업을 왜 두 고등학생이 하고 있냐면……

『그래서 대역을 맡게 된 아키 토모야입니다. 오늘 잘 부탁합니다.』

『……인터뷰가 재미없으면 도중에 잠들어버릴 거야. 나, 어젯밤에도 저기 있는 막무가내 편집자한테 시달리면서 밤새도록 매장 특전 소설을 썼단 말이야.』

『그렇게 협박 하지 마세요, 우타하 선배. 나는 이런 걸 처음 해본 단 말이에요.』

『무사히 인터뷰를 끝내고 싶으면 오늘 밤에 나를 재우지 않겠다고 약속해.』

『대낮에 그런 오해하기 딱 좋은 발언 좀 하지 말라고요?!』

『걱정하지 마, TAKI군. 시~ 양, 저런 소리를 하지만 실은 이런 인터뷰를 해보는 건 처음이거든. 아마 속으론 엄청 긴장했을걸?』

『뭐…….』

『어, 정말요? 선배는 엄청 잘 나가는 인기 작가잖아요.』

『전작은 인기가 한창 솟구칠 때 딱 완결되어 버려서 우리 쪽에서 밀어줄 타이밍을 놓쳤어. 게다가 시~ 양의 정체를 생각하면 잘 알지도 못하는 라이터에게 일을 맡길 수도 없잖아.』

『아, 그러네요……. 여고생 라이트노벨 작가 같은 만화에나 나올 법한 캐릭터인 게 알려지면 꽤 센세이션을 일으킬 거예요.』

『그러니까 둘 다 처음 해보는 거. 첫날밤처럼 파릇파릇한 인터뷰를 기대할게!』

『……나, 이제 아무 말도 안 할 거야.』

『……마치다 씨. 이 인터뷰를 성공시키고 싶으면 입 좀 다물고 있어요.』

"……미안하지만 5분 정도 더 넘겨줘."

"어, 또 말이야?"

"응……. 선배는 여기서부터 한 동안 아무 말도 하지 않았거든."

"저기, 이 인터뷰에 기사로 쓸 수 있는 부분이 있긴 한 거야?"

"…………아마도."

그렇다. 나는 이 까다로운 여고생 라이트노벨 작가의 인터뷰 기사 작성이라는 어려운 사업을 후시카와 판타스틱 문고 편집부의 마치다 소노코 여사(30대 독신)에게서 직접 수주 받은 것이다.

카스미가오카 우타하.

토요가사키 학원 3학년. 내 서클 동료이자 시나리오 담당.

하지만 세간에 알려져 있는 것은 카스미 우타코라는 펜네임이다.

고등학교 1학년 때 대상을 수상하고, 2학년 때 데뷔작 전

5권을 썼으며, 3학년이 되어 새로운 시리즈를 시작한다고 하는, 아메리칸 드림틱한 신데렐라 스토리를 실현 중인 라이트노벨 작가.

그런 거물 작가님의 새로운 시리즈 시작에 맞춰, 후시카와 언데드매거진에서 특집 기사를 편성하기로 했고, 그 기사의 하이라이트가 바로 『카스미 우타코 롱 인터뷰』다.

인터뷰 자체는 어제 주식회사 후시카와 서점 사내에 있는 제2회의실에서 무지막지하게 고생해가면서 끝냈다.

그리고 현재, 나와 카토가 맡은 문서화 작업의 마감일은 오늘이다……. 마감이 무지막지하게 빠듯하잖아, 후시카와 쇼텐. 너희가 어디 사는 인기 동인 작가냐.

이런 중요한 일을 일개 고교생인 나에게 맡긴 것은 내가 이 세상에 딱 하나뿐인 카스미 우타코 팬 사이트의 관리인이기 때문이다. 그리고 내가 이런 급박한 일을 맡은 것은 이틀 작업에 3만 엔이라는 매력적인 수당 때문이었다.

게임 제작에는 돈이 엄청 든대이……. 이걸 알아주는 사람은 카토밖에 없다 아이가!

"나도 그런 건 잘 몰라. 그저 아키 군이 울며불며 매달려서 어쩔 수 없이 도와주는 것뿐이야."

"아, 미안. 또 생각이 입 밖으로 튀어나왔어."

　　　　　　※　※　※

『자, 팬들이 기다리고 있는 신작에 관해서 이야기를 나눠 볼까 합니다. 타이틀은 정해지지 않았지만, 드디어 대략적인 설정이 공개되었죠?』

『……응.』

『우선, 이미지 일러스트를 보고 정말 깜짝 놀랐습니다. 「사랑에 빠진 메트로놈」의 무대인 "그 마을"이 이번에도 등장하는군요!』

『……돌려쓰는 것뿐이야.』

『그럼 전작과의 링크를 기대해도 될까요……?』

『……아마도.』

『예를 들어, 나오토와 사유카, 마유이가 등장한다든가, 혹은 전작의 서브 캐릭터가 이번에는 메인을 장식한다든가…….』

『……글쎄. 어떻게 될까?』

『연재가 진행되면 언데드매거진에서 콜라보레이션 기획으로서 「사랑에 빠진 메트로놈」이 부활할지도 모르겠군요!』

『…….』

『저, 저기, 카스미 선생님?』

『…….』

『……시~ 양.』

『……이제 그만 화 풀어요, 선배.』

『죽도록 졸린 것뿐이야.』

"『사랑에 빠진 메트로놈』이라는 제목으로 쓰고 싶은 이야기는 전부 다 썼으니, 아마 부활은 힘들지 않을까요."

"그럼 사유카와 마유이는 두 번 다시 볼 수 없는 건가요?"

"독자 여러분이 열망하신다면 또 모르죠(웃음)."

"그렇습니까! 그럼 이 인터뷰를 읽으신 분들은 꼭, 『사랑에 빠진 메트로놈』 부활 엄청 희망! 이라고 앙케트 엽서에 적어서 보내주십시오(웃음)."

"으음…… 좋아. 이런 느낌이면 되겠지."

"와아, 인터뷰 기사는 이런 식으로 만드는 구나……."

내 노트북 컴퓨터에 입력된 날조 기사를 본 카토는 어이없음과 감탄이 섞인 한숨을 내쉬었다.

"당사자는 자신의 원고 외에는 안 보는 것 같으니까 괜찮을 거야. 참고로 마치다 씨는 그 말을 해주면서 엄청 한탄했어."

아무튼 지금은 날조 같은 것을 신경 쓸 시간이 없다.

왜냐면 기사로 써먹을 수 없는 대화를 통해, 기사로 써먹을 수 있을 법한 문장을 만들어내는 것이 내 미션이니까 말이다.

……뭐, 우타하 선배에게서 기사로 써먹을 수 없을 정도의 코멘트만 이끌어낸 내 자업자득이라고도 할 수 있지만 말이다.

"하지만 그럴 것 같기는 해. 카스미가오카 선배는 남들이 자신을 어떻게 생각하는지는 전혀 신경 쓰지 않을 것 같거든."

"뭐, 교내에서의 평판을 생각하면 그렇겠지."

수업 때마다 상습적으로 조는데도 전교 1등을 놓치지 않고, 누구에게나 평등하게 독설을 퍼부어대고, 마음에 들지 않는 상대라면 교사조차도 무시하기 때문에 교내에서의 그녀의 평판은 좋은 편이 아니다.

하지만 그런 것을 신경 쓰지 않는데다, 오늘도 창가 자리에서 졸아대면서도 시험 때 좋은 성적을 내는 고고한 천재.

그녀가 신경 쓰는 것은 작품의 평판…… 즉, 팬이 자신의 책을 어떻게 생각하는가 뿐이다.

타인이 카스미가오카 우타하라는 개인을 어떻게 생각하는지는 전혀 관심 없을 것이다.

……아마도.

※　※　※

『자아, 계속해서 카스미 선생님. 신작의 스토리가 좀 궁금

합니다만······.』

『뭐······ 남자와 여자가 만나 사랑을 하고, 이런저런 일이 있은 후 헤어질 뻔했지만, 결국 사귀게 되는 이야기?』

『······그, 그렇군요! 전작을 답습하는, 가슴이 옥죄어 드는 듯한 가슴 아픈 연애가 메인 이야기라는 말씀이시죠?!』

『아, 하지만 마치다 씨가 이번 작품은 좀 코믹하고 모에하게 만들래.』

『그럼 이번 작품은 러브코미디지만 코미디에 중점을 둔다는 거군요. 그 이유를 물어봐도 될까요?』

『글쎄?』

『으, 으음! 카스미 선생님이 하시고 싶은 말씀을 편집자로서 대변하자면, 이번에는 라이트 독자층도 즐길 수 있는 작품을 쓰고 싶다는 거예요.』

『아하, 대상 독자층을 넓힌다는 거군요.』

『나는 딱히 거기까지는······.』

『예, 그렇죠! 전작은 평판이 좋았지만 역시 시리어스한 장면이 대부분이었기 때문에 앙케트에서도 "읽기 힘들다"든가 "즐길 수가 없다" 같은 의견이 꽤 있었어요.』

『그랬군요. 하지만 그 깊이야말로 카스미 우타코 작품의 묘미이니, 지금의 작풍을 관철한다는 선택지도 있었을 거라고 생각하는데요?』

『응. 나도 그 편이······.』

『그건 어찌 보면 도박이에요! 히트작을 낸 작가는 다음 작품에서 "자신이 만들고 싶은 이야기"에 너무 집착하는 경향이 있죠. 그래서 뚜껑을 열고 보면 전작에 비해 평판과 매상이 좋지 않은 경우가 많아요.』

『확실히 히트 직후에는 작가의 의향이 쉽게 보이는 후속작들을 내는 경우가 있죠. 그럼 이번에는 일부러 그런 욕구를 억누른 건가요?』

『나는 딱히 억누를 생각이 없었는데…….』

『카스미 우타코는 이번에 겨우 두 번째 작품을 내는 젊은 작가예요. 자기 뜻대로 글을 써도 팬이 따라오게 하려면 좀 더 경험을 쌓을 필요가 있죠. 그러니 이번에는 독자층을 넓혀 많은 사람들에게 그녀의 매력을 알리는 것을 우선해야 한다고 생각해요. 이번 신작은 그 발판이 될 거예요!』

『오호라~ 이번 작품은 여전히 진화하고 있는 카스미 우타코 월드의 시작에 불과하다, 하지만 커다란 두 번째 걸음이 될 것이다, 바로 그 말이군요?』

『그런 생각은 한 적도 없고, 말한 적도 없는데…….』

『바로 그거예요! 전력을 다해 재미있는 이야기를 쓰겠어요. 그러니 많은 분들이 이 작품을 접해줬으면 해요……. 이런 느낌의 코멘트를 시~ 양이 말한 것처럼 꾸며주겠어?』

『물론이죠, 맡겨만 주세요! 이 부분으로 꽤 많은 분량을 확보할 수 있을 거예요!』

『거 봐. 역시 내가 없어도 되잖아…….』

"휴우~ 좀 지쳤어. 5분만 쉬자."

열심히 키보드를 두들기던 손가락이 피로를 호소하기 시작했다.

문득 방송실 유리 너머에 있는 시청각실을 바라보니, 그곳은 저녁노을빛으로 물들어 있었다.

"저기, 아키 군. 지금 몇 시야?"

"으음…… 곧 여섯 시가 될 것 같아."

"운동부 부원들도 거의 다 돌아간 것 같네."

"응. 그런 것 같아."

방음벽에 둘러싸인 방송실에서는 알기 힘들지만, 교내에서 느껴지는 인기척이 꽤 적어진 것 같은 느낌이 들었다.

"그런데 이건 언제 쯤 끝날 것 같아?"

"글쎄. 끝나봐야 알겠지."

그리고 아직 반도 못했다는 말은 내 마음속으로만 했다.

"으음, 그러니까 말이야."

"카토가 없으면 작업효율이 무지막지하게 떨어질 거야."

"나는 그냥 시키는 대로 녹음해둔 걸 재생할 뿐이잖아?"

"카토가 곁에 있어주는 것만으로도 의욕이 끓어오르거든."

"아키 군, 방금 그 말 별 생각 없이 입에서 나오는 대로 한 거지?"

"둘이서 작업하면 두 배 이상의 속도를 낼 수 있지만, 혼자서 하면 내일 아침까지도 끝내지 못할 거야."

"내일 아침까지 이곳에서 단 둘이 있는 건 솔직히 말해 여러모로 문제가 많지 않아?"

"하지만 우리가 이 일을 끝내지 못하면 잡지의 대형 기획에 구멍이 생길 거야⋯⋯. 이건 이제 나와 카토만의 문제가 아냐. 우타하 선배의, 더 나아가서는 후시카와 쇼텐의 명예를 지키기 위한 싸움으로 승화됐다고!"

"⋯⋯적어도 집에 전화할 시간 정도는 줘."

"고마워, 카토! 수당이 들어오면 한 턱 쏠게!"

그런고로, 평소와 마찬가지로 권태기에 접어든 유부녀에 버금갈 만큼 쉽게 속아 넘어가는 카토와 함께, 이제까지보다 더 무시무시한 수라가 기다리고 있는 후반전에 돌입했다.

자아, 마감 기한까지 몇 시간 밖에 남지 않았⋯⋯ 나, 요즘 들어 계속 이런 일만 겪는 것 같네.

_{이번 권}

　　　　　　※　※　※

『자, 그럼 신작에 관한 이야기에서 조금 벗어나서, 작가·카스미 우타코의 실상에 대해 알아볼까 합니다.』

『말은 그러면서도 실상에 대해 진짜로 알아보려고 한 적은 없잖아. 윤리 군이라는 이름에 걸맞게 말이야.』

『……「사랑에 빠진 메트로놈」은 요즘 작품들 중에서는 드물만큼 올곧고 순수한, 정말 매력적인 연애소설이었습니다.』

『이렇게 소설에 관해 이야기할 때는 닭살 돋는 대사를 연발하면서, 왜 리얼 여자애가 상대가 되면 얼간이가 되는 걸까?』

『…………이런 이야기의 아이디어는 어디서 힌트를 얻으시죠?』

『힌트를 얻고 싶어도, 평소에는 잘났다는 듯이 말하다가도 결정적인 순간에 무조건 도망치고 보는 남자애 샘플 밖에 없기 때문에 정말 힘들어.』

『………………혹시 선생님의 창작의 원점이 될 만한 작품이 있다면……』

『내 주인공이 전부 얼간이인 건 출판 규정이라는 윤리에 얽매인 아키 토모야라는 겁쟁이 남자애 때문…….』

『평범한 인터뷰 좀 하게 해달라고요!』

『좀 전부터 잠이 와서 머리가 돌아가지 않아. 커피 좀 사올게.』

"…………정지시켜, 카토."

"응? 왜?"

"왜긴 왜야 건너뛰기 위해서지. 이런 걸 기사화할 수는 없잖아."

그것도 그럴 것이 이 부근은 우타하 선배가 이상한 쪽으로 흥이 났다고나 할까, 독기를 되찾은 덕분에 여러 가지 규정에 걸릴 법한 화제가 마구 튀어나왔다.

참고로 말하자면, 선배가 자리를 비운 사이 나와 마치다 씨가 나눈 대화도 남들에게 들려줄 수 없는 내용이었다고나 할까…….

『하아…… 좀 봐달라고요.』

『정말, 시~ 양의 나쁜 애인 척 하는 구석은 정말 귀엽다니깐.』

『그래도 마치다 씨. 이런 소리를 계속 듣다간 내 심장이 남아나지 않을 거라고요.』

『하지만 그녀는 네가 생각하는 것보다 훨씬 순정파야.』

『그, 그래요?』

『물론이지. TAKI 군이 리얼 동정인 것처럼, 시~ 양도 100퍼센트 처녀야. 틀림없어.』

『화내야 할지, 슬퍼해야 할지, 기뻐해야 할지, 놀라야 할지 고민되는 소리 좀 하지 말라고요!』

『그리고 말이야. 연애경험이 풍부하다고 해서 좋은 연애소설을 쓸 수 있다는 건 환상이야. 사람들의 공감을 얻을 수 있는 건 어느 시대에서나 체험담이 아니라 망상인걸.』

『왠지 믿고 싶으면서도, 믿으면 지는 것 같은 느낌이 드는 소리네요…….』

『왜냐하면 그편이 더 꿈이 있잖아. 독자가 원하는 세계가 있단 말이야.』

『그 말은, 연애소설에 빠지는 독자 또한 처녀 아니면 동정이라는 소리예요……?』

『그런 말이 아냐. 망상은 사람들의 "아름다운 추억"과 싱크로 되기 쉽다는 거야. 실제 체험담이 "떠올리고 싶지 않은 과거"를 상기시키는 것과는 정반대로 말이야.』

『으음…… 좀 알 듯 말 듯 하네요.』

"아니, 그러니까 정지시키란 말이야, 카토."

그렇게 부탁한 후로 약 1분이 흘렀다.

하지만 스피커에서는 음성이 흘러나오고 있었고, 처녀나 동정 같은 좀 그런 단어들이 차례차례 방송실 안에서 울려 퍼졌다.

"아, 미안. 정지 버튼을 누르는 걸 깜빡했어. 으음, 정지 버튼이 어느 거지……."

"……바로 네 눈앞에 있잖아."

카토, 너 진짜로 깜빡한 거 맞아……?

『즉, 시~ 양…… 카스미 우타코의 연애소설이 히트한 건 그녀가 꿈 많은 소녀이기 때문이야.』

『왠지 그 사람에게 가장 어울리지 않을 것 같은 단어가 들린 듯한 느낌이 드는데요.』

『진짜 사랑을 모르지만, 그것을 엄청 동경하며, 그런 자신을 극도로 싫어하는, 콤플렉스 덩어리 같은 여자애.』

『뭐…….』

『우등생이기 때문에 많은 스트레스를 받고, 머리가 좋기 때문에 그 스트레스를 망상으로 풀었던 거야.』

『…….』

『즉, 시~ 양의 내면에는 슈퍼 얀데레한 본질이 잠들어 있는 거지.』

『우, 우타하 선배가 얀데…… 그, 그런 소리 좀 하지 마요!』

『조심해, TAKI 군. 그녀를 잘못 다뤘다간 큰일이…… 아, 큰일 났다.』

『큰일났다뇨? ……우, 우왓?! 아뜨뜨뜨뜨뜻!』

『미안해, 윤리 군. 커피를 쏟고 말았네. 일부러 그런 거지만 일단 사과해둘게.』

『서, 선배?! 핫(hot)은 안 돼요! 적어도 아이스로 하라고요!』

『어머, 아이스를 샀는데, 내 분노 때문에 펄펄 끓어오른 것 같네.』

『그리고 나는 한 마디도 안했다고요! 마치다 씨만 계속 입을 놀렸단 말이에요!』

『그래도 어쩔 수 없어. 주범이 도망쳤으니 공범에게 분노를 풀 수밖에 없잖아.』

『앗, 어느새?!』

"아, 미안, 아키 군. 이건 음량 스위치였네."

"일부러 이러는 거 이미 눈치챘거든?!"

어젯밤, 커피 범벅이 된 내가 지른 비명은 몇 배로 증폭되어 방송실 안에서 울려 퍼지고 있었다.

※　※　※

"카스미 선생님이 가장 좋아하는 장르는 뭐죠? 역시 연애 계열입니까?"

"그건 비밀이지만 힌트를 드리자면, 아직 한 번도 쓴 적이 없는 장르예요."

"오오! 아직 변신을 두 번 정도 남겨둔 듯한 코멘트군요 (웃음)."

"저기, 아키 군."

"으음, 곧 끝나니까 조금만 기다려줄래?"

"레코더는 재생하지 않는 거야? 인터뷰는 아직 끝나지 않은 것 같은데 말이야."

내가 자아내는 경쾌한 키보드 터치 음만이 울려 퍼지는 방송실 안에서 약간 심심해하고 있던 카토의 목소리가 오래간만에 내 귓속으로 흘러들어왔다.

"아, 거기서부터는 취재를 할 수 없어서 녹음을 중단했거든. 그걸로 끝이야."

"그럼 지금 쓰는 기사는 뭐야?"

"지금까지 마치다 씨가 한 코멘트에서 쓸 만해 보이는 부분을 뽑아서 쓰는 거야."

"역시 카스미가오카 선배가 없어도 되네……."

결국 카스미가오카 선배는 인터뷰 중에 쓸 만한 코멘트를 거의 하지 않았다.

뭐, 그녀는 인터뷰어와 곁다리가 자신을 없는 사람 취급했^{편집자}기 때문에 그렇게 된 거라고 반론할지도 모르지만 말이다.

하지만 나, 그리고 아마 마치다 씨 또한 그래도 상관없다.

"선배는 나를 울리는 이야기만 계속 쓰면 돼. 선배의 재능은 인터뷰나 후기, 추천문 같은 쓸데없는 짓에 허비해도 되는 게 아니라고."

실은 어제 인터뷰에서 『사랑에 빠진 메트로놈』의 후기를 전부 마치다 씨가 썼다는 충격적인 사실을 알았다. 하지만 절대 기사로 쓸 수 없는 충격적인 사실이었다.

마치다 씨는 언제나 선배를 놀리지만, 실은 선배의 글에게 푹 빠진 걸지도 몰라…….

"흐음……."

"왜 그래?"

하지만 내 말을 들은 카토는 미묘하기 그지없는 맞장구를 쳤다.

"아키 군은 카스미가오카 선배의 완벽한 신자네."

"무슨 소리 하는 거야. 카토도 신자잖아?"

"뭐, 소설은 재미있었어. 몇 번이나 울면서 하룻밤 만에 다 읽을 만큼 말이야."

"그럼 나와 마찬가지네."

"정말 마찬가지일까……?"

"대체 무슨 말이 하고 싶은 거야?"

내 말을 들은 카토는 고개를 갸웃거리면서 아주 약간 애매한 태도를 취했다.

"아키 군은 우타하 선배에 대해 이야기할 때면 엄청 의기양양해져."

"그, 그래?"

"응. 그리고 사와무라 양에 대해 이야기할 때면 약간 괴로운 듯 하면서도 뭔가를 엄청 그리워하는 것 같아."

"따, 딱히 그런 적 없는데?"

"정말일까……."

"카토……?"

게다가 이 일과는 전혀 상관없는 모 소꿉친구까지 거론

에리리

했다.

대체 무슨 말이 하고 싶은 거지……?

"…………"

"………."

"……저, 저기, 카토."

"아, 벌써 아홉 시가 넘었네."

"……뭐?"

"이제 곧 작업이 끝나지? 슬슬 돌아갈 준비를 해야겠네."

"으, 응. 그래."

……뭔가 할 말이 있는 듯한 태도를 취했지만, 실은 깊이 생각해보지 않고 입에서 나오는 대로 대충 말한 거라는 반전은 어느새 카토의 장기가 되었다.

"집에 도착하면 열 시겠네. 우리, 왠지 진짜 편집자가 된 것 같지 않아?"

"진짜 편집자는 매일같이 전철 막차를 놓치지 않으려고 역을 향해 전력질주를 한다는데?"

"나, 절대 출판사에는 취직 안 할 거야~."

"안심해. 거기 들어가는 것도 절대 쉽지 않아."

이래서 좀 미묘하다고나 할까, 캐릭터성이 옅은 것 같다고나 할까…… 뭐, 아무튼 안심이 되는 녀석이긴 해.

"그럼 마지막으로 독자 여러분께 한 말씀 해주시죠."

"새로운 시리즈가 재미있는 작품이 될 수 있도록 최선을 다하겠습니다. 그러니 많은 분들이 이 작품을 접해 주셨으면 좋겠어요."

"카스미 선생님, 오늘 정말 수고하셨습니다."

마지막으로 앞쪽 텍스트를 복사해서 붙여넣기한 후, 드디어 카스미 우타코 롱 인터뷰의 문서화 작업이 끝났다.

……카토 메구미 양, 오늘 정말 수고하셨습니다.

농담이 아니라 진짜로, 진심으로 고마워.

얼굴을 마주보고 솔직하게 말하지는 못하겠지만 말이야.

※　※　※

『아아, 완전 제대로 봉변을 당했네.』

『그건 내가 할 말이야. 결국 커피도 못 마셔서 잠기운도 못 떨쳐냈잖아.』

『그럼 마치다 씨가 돌아올 때까지 저 소파에서 눈 좀 붙여요.』

『하지만 인터뷰는…….』

『우타하 선배가 할 일은 거의 끝났어요. 남은 건 마치다 씨와 내가 어떻게 할게요.』

『그래? 그럼 더는 사양하지 않을게.』

『예. 잘 자요. 선배.』

『느긋하게 잘 자라고 인사하고 있을 때가 아니잖아. 윤리 군.』

『예? 무슨 소리예요?』

『이쪽으로…… 와.』

『어…….』

"어라?"

교실 로커에 넣어둔 짐을 꺼낸 나는 카토를 데리러 다시 방송실로 향했다.

시청각실을 통해서만 들어갈 수 있는 방송실의 유일한 문은 어찌된 영문인지 잠겨 있었다.

"카토……?"

방송실의 유리창에서 빛이 새어나오는 것을 보면, 그녀가 이 안에 있는 것은 틀림없었다.

그렇다면 카토가 안에서 이 문을 잠근 것이리라.

"카토, 문 열어. 안 돌아갈 거야?"

"어라, 아키 군."

노크를 하자, 역시 내 예상대로 그녀는 방송실 안에 있었는지 카토의 멍한 목소리가 안에서 흘러나왔다.

"뭐하고 있는 거야?"

"으음, 그게 말이야."

하지만 방음설비가 된 방송실 안에서 하는 말이 평범한 인간의 귀에 이렇게 선명하게 들릴 리 없다.

카토 녀석, 문을 잠갔을 뿐만 아니라 스피커 기능을 켜서 방송실의 음성을 시청각실에 흘려보내고 있군.

"인터뷰 음성이 아직 남아 있는 것 같아. 이것도 문서화하는 편이 좋지 않을까?"

"그럴 리가 없어. 나는 좀 전의 그 부분까지만 녹음했단 말이야."

"그럼 짐작 가는 데가 없는 거야?"

"좀 전부터 없다고 말했잖아. 아무튼 빨리 문 열어."

영문 모를 태도를 취하던 카토는 방송실의 기자재를 조작하고 있는 것 같았다.

게다가 그것 때문에 바쁜지 문을 열 기색이 전혀 없었다.

"그런데 남아 있단 말이야……."

"아니, 그러니까 내 녹음기에는……."

"그래?"

카토가 그렇게 중얼거린 순간, 시청각실의 스피커에서 그녀와는 다른 목소리가 흘러나왔다.

『………….』

『으응…….』

『……저, 저기, 선배.』

『응~?』

『나한테서 커피 냄새 나지 않아요?』

『괜찮아. 나한테 있어서는 고향의 향기 같은 거야.』

『……선배, 브라질 출생이에요?』

『…………』

『…………』

『……저기 말이야.』

『왜 그래요?』

『지금 우리 자세 말이야. 보는 각도에 따라서는 내가 윤리 군의 사타구니에 얼굴을 묻고 있는 것처럼 보일 것 같지 않아?』

『절대 그렇게 안 보이거든요?!』

"우와아아아아아아앗~! 멈춰, 멈춰, 멈춰!"

내 절규가…… 아니, 절규와 함께 창문을 두드리는 소리와 모습이 방송실의 카토에게 전해지자, 그제야 음성이 멎었다.

"……정말 짐작 가는 데 없어?"

그리고 스피커에서 카토의 멍한 목소리가 흘러나왔다.

"어, 없어……."

엄밀하게 말하자면, 이 대화를 녹음해둔 기억이 없다. 하지만……

"그렇구나."

『……저기 말이야.』
『선배, 왜 그래요?』
『지금 우리 자세 말이야. 보는 각도에 따라서는 내가 윤리 군의 사타구니에 얼굴을 묻고 있는 것처럼 보일 것 같지 않아?』

"일부러 감아서 다시 틀지 마아아아아~!"
"응? 왜?"
카토의 목소리…… 평소처럼 멍한 거 맞지?
"열어! 이 문 빨리 열라고, 카토! 아직 늦지 않았어! 투항해!"
"이 상황을 추리해보자면, 카스미가오카 선배에게 무릎베개를 해주고 있는 거지? ……아키 군이 말이야."
"으아악~! 으아아아아악~!"
바로 그때, 한 광경이 내 머릿속에서 되살아났다.
취재가 끝나고 회의실에서 나가려는 나에게, 마치다 씨가 무언가를 내민 바로 그 순간을……
『자, 이건 내 녹음기야. 녹음 미스가 발생하면 백업용으로써.』
그런 친절에서 우러난 순수한 제의를, 지금까지 잊고 있었다.

그렇다. 마치다 씨의 녹음기는, 나와 선배가 남에게 들려줄 수 없는 대화를 나누고 있을 때도, 스위치가 ON 상태였던 것이다……

『하지만…… 내가 학원 하렘물을 쓸 수 있을까?』

『흐음, 천하의 카스미 우타코도 불안한가 봐요?』

『그야 마치다 씨의 말에 넘어가서 플롯을 짜기는 했지만, 새로운 히로인이 매권 등장해야 하고, 전원이 주인공을 좋아해야 하는데다, 매권마다 목욕 씬이 나와야 하잖아.』

『……뭐, 카스미 우타코의 열렬한 팬들은 깜짝 놀랄 거예요.』

『어쩌면 엄청 까일지도 몰라.』

『신경 쓰여요?』

『나 자신은 어떤 소리를 듣든 상관없지만, 내 아이들^{작품}은 솔직히 신경 쓰여.』

『그렇군요.』

"카토…… 카토……! 으, 으으, 으으으윽……"

방송실과 시청각실 사이에 있는 창문에 얼굴을 댄 채 부들부들 떨고 있는 나를, 창문 너머에 있는 카토가 멍한 표정으로 바라보고 있었다.

"왠지 엄청 인터뷰틱한 대화네. 이건 기사에 넣는 편이 좋지 않을까?"

"하나도 안 좋아!"

카토의 표정…… 멍한 거, 맞지?

『하지만.』

『응?』

『나는 엄청 읽어 보고 싶어요……. 우타하 선배의 학원 하렘 코미디를요.』

『그래?』

『단순한 하렘으로 끝날 리가 없잖아요? 카스미 우타코의 작품이 말이에요.』

『윤리 군…….』

『분명 후반에 가면 하렘이 무너지면서 배틀 로얄처럼 한 명씩 탈락할 거예요.』

『너는 그렇게 예상해?』

『게다가 탈락한 사람 한 명 한 명의 라스트 씬이 매우 매력적으로 그려지면서, 매권마다 눈물 없이는 볼 수 없는 이야기가 되겠죠.』

『흐음…….』

『그래요! 「사랑에 빠진 메트로놈」의 라스트 이전 씬이 몇 권에 걸쳐서 펼쳐지는 거예요! 열렬한 카스미 우타코 팬이라면 좋아 죽을 게 뻔하다고요.』

『너는 그런 걸 원하는 구나?』

『아니라도 괜찮아요. 끝까지 학원 하렘으로 가더라도 카스미 우타코의 작품은 분명 재미있을 거라고 믿거든요.』

『다들 그렇게 생각해주면 좋겠어.』

『가장 열렬한 팬이 이렇게 생각하니까 아마 괜찮지 않겠어요?』

『신자의 말은 믿을 게 못 된다고 흔히들 말하잖아.』

『걱정 마요. 이 신자는 그저 목소리만 큰 녀석이 아니에요. 이상한 안티가 생기면 그 신자가 박살을 내버릴 거예요.』

『그런 걸 보고 스텔스 마케팅이라고 하지 않아?』

『나는 숨지도 도망치지도 않는데다, 원래 팬 사이트의 관리인이었으니까 스텔스 마케팅은 아닐걸요?』

『뭐, 지금은 그 신자에게 매달릴 수밖에 없을 것 같네……. 윤리 군, 너만 믿을게.』

『소거법에 의한 결론인 게 좀 그렇지만, 뭐, 그래도 맡겨만 주세요.』

"이 부분은 정말 좋네. 나, 조금 감격했어."

"……."

감격했다고 자기 입으로 말한 카토의 목소리는 여전히 멍했다.

"하지만, 나는 괜찮아도 카스미 우타코 선생님의 팬인 남자애들은 이걸 들으면 엄청 충격 받을 거야."

"못 들으면 충격 받을 일도 없어!"

"그렇구나……. 그럼 이 음성이 외부에 유출되지 않도록 조심해야겠네."

"그 이전에 재생하지 않도록 조심하라고!"

요즘 들어 카토에게 멍하다는 말을 너무 연발한 나머지, 이 녀석의 현재 심정을 명확하게 판단할 수 없는 듯한 느낌이 들었다.

카토, 너…… 아무런 감정도 표현하고 있지 않은 거지?

너 지금 딱히 캐릭터성이 살고 있는 건 아니지?

『슬슬 자야 하지 않겠어요?

『응……. 진짜로 한계인 것 같아.』

『그럼 휴식을 취하기 전에 이 질문에만 대답해줘요.』

『뭔데?』

『차기작에 거는 기대에 대해 한 말씀 부탁드립니다.』

『기대, 라…….』

『목표는 두 자리 권수 돌파? 아니면 100만부? 드디어 애니메이션화?』

『딱히, 그런 엄청나지도 않은 목표는 아무래도 상관없어.』

『……"엄청난"을 잘못 말한 거죠? 실은 이미 졸고 있는 거죠?』

『그런 것보다…… 한 번 더, 그 사람이 내 작품에 빠져들었으면 좋겠어.』

『뭐…….』

『…………..』

『선배?』

『…………..』

『선배, 자요?』

『……쿠울, 쿠우울.』

『……잘 자요.』

이걸로 인터뷰 음성은 완전히 끝났다.

"나, 아무에게도 말하지 않을 테니까 걱정하지 마."

스피커에서 흘러나온 카토의 음성이 창문에 양손을 댄 채 무너지듯 무릎을 꿇은 나를 위로했다.

"카토…… 오해하지 마. 우타하 선배가 창작 소재를 찾으려고 나를 거꾸로 취재한 것뿐이라고."

"응, 알아."

"저, 정말……?"

"당연하지. 진짜로 아무에게도 말하지 않을게. 아키 군이 잠에 취한 카스미가오카 선배에게 무릎베개를 해줬다든가, 아키 군이 그렇게 상냥하고 멋진 남자애라는 건 아무한테도 말 안할 거야."

"너 절대 아무한테도 말하지 않기로 약속한 거다?!"

나는 절망의 늪에 빠진 채 분노를 터뜨리면서도 마음 한 편으로 안도했다.

다행이야……. 실은 이때 손을 맞잡고 있으면서 다른 한 손으로는 머리를 쓰다듬어줬다는 건 들키지 않고 넘어간 것 같아.

※　※　※

얼마 후, 카스미 우타코 신작 특집이 게재된 후시카와 언데드매거진은 무사히 발매되었고, 편집부는 인터뷰를 담당한 나에게 증정본을 보내줬다.

그리고 주목할 부분은 이 특집 안의 인터뷰……가 아니라, 카스미 우타코 단편 소설의 일부 장면이었다.

『……저기 말이야.』

『왜 그래?』

『지금 우리 자세 말이야. 보는 각도에 따라서는 내가 네 사타구니에 얼굴을 묻고 있는 것처럼 보일 것 같지 않아?』

『절대 그렇게 안 보이거든?!』

……이 사람, 진짜로 창작에 활용했어.

역시 작가는 작품을 위해서라면 그 어떤 희생도 감수하는구나. 주로 내 희생을 말이야.

(최초 수록 : 드래곤매거진 2013년 1월호)

제 **3.3**화

물러서지 않고,
아양 떨지 않고,
뒤돌아보지 않는
그녀를 쓰러뜨리는
방법

Saenai heroine no sodate-kata FD

로케이션 헌팅— 통칭, 로케헌.

영화나 텔레비전 방송 제작에서, 실외 로케이션 장소를 찾는 행위를 가리킨다.

애니메이션이나 게임 같은, 실제로 그 장소에서 촬영하지 않는 작품도, 배경이나 설정에 리얼리티를 부가하기 위한 소재 수집을 위해 로케이션 헌팅을 하기도 한다.

일부에서는 자치단체와 협력하여 대규모 로케이션 헌팅을 한 후, 해당 지방 애니메이션으로서 작품과 로케이션 지역 양쪽의 인기를 상승시키기도 한다. 그렇기에 현재에 이르러서는 제작 과정 안에서 중요한 포지션을 담당할 때가 많다.

하지만, 매사에는 빛과 어둠이 존재한다.

프로듀서가 여자 고등학교에서 로케이션 헌팅을 한다는 말을 듣고 지나치게 흥분하거나, 감독이 아내를 데리고 제작 경비로 고급 호텔에 숙박하는 일도 있다. 그리고 아직 작품의 무대도 정하지 않았는데 사장이 해외 로케이션 헌팅을 다녀온 바람에 사장이 찍어온 사진에 맞춰 이야기를 짜야 되는 경우도 있다. 그런 희비가 엇갈리는 에피소드가

산더미처럼 존재하는 것이다.

그리고 최강의 미소녀게임을 만들겠다면서 열의를 불태우고 있는 모 서클에서도, 프로듀서 겸 디렉터와 간판 원화가의 로케이션 헌팅을 둘러싼 싸움의 막이 오르려 하고 있었다.

※　※　※

뜨거운 여름 코믹마켓이 끝나고 며칠이 지났을 즈음.

무더운 여름방학도 막바지에 다다랐지만 여전히 더운 8월 하순.

"…………."

"……왜 그래?"

집합 시간보다 10분 늦게 우리 집 현관 앞에 모인 두 사람은 미묘한 표정을 지은 채 서로를 쳐다보고 있었다.

"너…… 진짜 그 차림으로 갈 거야?"

한 사람은 나, 아키 토모야.

초등학생 시절에는 『토모 군』이라고, 중학생 시절에는 『그 오타쿠』라고, 그리고 토요가사키 학원에 다니는 지금은 『토모야』라고 어떤 특정인물에게 불린 역사를 지닌 고등학교 2학년.

"설마 불만이라도 있는 거야?"

그리고 또 다른 한 사람은 바로 그 어떤 특정인물. 사와무라 스펜서 에리리.

초등학생 시절에는 열일곱 종류나 되는 별명으로 불릴 때마다 귀여운 반응을 보였고, 중학생 시절에는 아무리 말을 걸어도 무시했으며, 토요가사키 학원에 다니는 지금에 이르러서야 『에리리』라고 불러야 들은 척 해주는, 나와 같은 학력을 지닌 고등학교 2학년.

"아니, 불만이 있는 게 아니라…… 그 차림으로 대체 어디 가려는 거야?"

"오늘 목적지를 유원지로 정한 건 너잖아? 이제 와서 무슨 소리를 하는 거야?"

"그래도 그 옷차림은 좀 아니잖아……. 우리가 지금 가려는 곳은 꿈과 희망과 저작권으로 가득 찬 나라가 아니라 전철 타고 금방 갈 수 있는 호라쿠엔 유원지라고."

우리가 지금 거론하고 있는 것은 에리리의 외출 패션에 대해서다.

여름 느낌이 물씬 나는 하늘빛깔의 엄청 비싸 보이는 파티 드레스.

위는 어깨가 드러나는 비스체 타입에 아래쪽은 프릴이 달린 미니스커트.

참고로 모에함을 강조하는 흰색 오버 니삭스를 신고 있었다.

거기에 평소의 금발 트윈 테일 헤어스타일이 더해지자, 상류층 파티나 아키하바라에 있다는 여고생 코스프레 마사지 업소 같은 데서나 볼 법한, 현실과 동떨어진 패션 같아 보였다. 설마 내 눈에만 그렇게 보이는 걸까.

"어쩔 수 없잖아! 오늘 유원지에 간다고 했더니 코디네이터 씨가 이걸 입혀줬단 말이야!"

"옷 정도는 직접 고르라고."

그보다 전속 코디네이터라니…… 여전히 쓸데없이 부르주아 티를 낸다.

"그렇지만 나는 휴일에 외출 같은 건 안 한단 말이야. 오늘도 집에서 원고 작업이나 할 생각이었는데, 토모야가 불러내서……."

뭐, 평소의 푸석푸석한 머리카락에 체육복 및 안경 차림에 비하면 낫다고 할 순 있지만……. 잠깐만, 혹시 이 녀석의 머릿속에는 『가벼운 외출복』이라는 개념이 없는 거 아냐?

"잠깐만. 내가 분명 말했잖아? "로케이션 헌팅 정도는 나혼자서도 할 수 있다."고 말이야."

"네 센스를 어떻게 믿냐구. 내 눈과 연필로 확인하지 않는 한 신용할 수 없어."

"그 꼴로 센스를 운운할 거라고는 꿈에도 생각 못했는데…… 뭐, 여기서 말다툼해봤자 아무 소용없지. 오늘은 할 일이 꽤 많으니까 서두르자."

뭐, 옷차림은 일단 제쳐두기로 하자. 그것보다 오늘의 동반 외출에 대한 변명…… 아니, 설명을 아직 하지 않았네.

고교생 남녀가 단둘이 유원지에 간다는 것은 여러 방면에서 오해를 살 수 있는 행동이지만, 이, 이건 절대 데이트 같은 게 아니라고?!

─는 그렇다 치고, 이번 동반 외출의 목적은 좀 전에도 말했다시피 로케이션 헌팅이다.

나와 에리리, 그리고 지금 이 자리에는 없는 클래스메이트 카토 메구미와 한 학년 선배인 카스미가오카 우타하 선배……. 이렇게 네 사람은 내가 만든 서클 『blessing software』에서 함께 최강의 미소녀게임을 만들기로 굳게 맹세한 동지들이다(주(注) : 서클 대표의 개인적 감상입니다).

그런 우리의 게임 제작은 여름 방학 동안에도 순조롭게 진행됐다. 우타하 선배가 쓰고 있는 시나리오도 반 정도 완성됐고, 에리리가 담당한 캐릭터 디자인도 거의 끝나가고 있었다.

그리고 그 사이, 카토도 작업에 열중하고 있는 이들을 방해하지 않기 위해, 순조롭게 존재감을 감추고 있었다.

뭐, 아무튼 슬슬 게임 본편용 소재 확보에 착수하자는 화제가 일전의 미팅 때 나왔고, 그때 우타하 선배는 문득 이런 말을 했다.

"슬슬 배경 소재를 확보해야겠네." 하고 말이다…….

그거야말로 디렉터 겸 프로듀서가 할 일이라고 생각한 나는 오늘 디지털카메라로 배경 사진을 마구 찍어댄다는 엄청 중요한 임무를 수행하기로 한 것이다.

그리고 『겸사겸사 배경 CG 담당』인 에리리도 동행하겠다고 말했다.

그것도 미팅이 끝나고 다른 두 사람이 돌아간 후에 말이다…….

　　　　　※　※　※

"오～ 호라쿠엔 유원지는 정말 오랜만이다."

"더워……."

도보와 전철로 약 20분 걸려서 도착.

어딘가의 엄청 인기 있는 테마파크와는 달리, 매표소에서도 거의 줄을 설 필요가 없는 집 근처의 조그마한 유원지의 내부는 예상대로 한산했다.

제트 코스터와 회전목마 같은 놀이기구도 얼마 기다리지 않고 탈 수 있을 정도였다. 이 정도면 하루 안에 모든 놀이기구를 다 타보는 것도 가능할 것 같았다.

유일하게 풀장만은 구름 한 점 없는 쾌청한 날씨 덕분에 성황을 이루고 있었다. 풀장에서 조금 떨어진 이곳까지도 물보라와 아이들의 환성이 전해져왔다.

하지만 우리로서는 이렇게 한산한 편이 좋았다.

"자, 그럼 바로 활동을 시작해볼까! 우선······."

나는 재빨리 가방에서 디지털카메라를 꺼내어, 유원지 내부를 향해 한 걸음 내딛······.

"에어컨 빵빵한 카페테리아에서 휴식."

"······방금 도착했는뎁쇼?"

그리고 느닷없이 암초에 부딪히고 말았다.

"하아~ 이 레몬 티, 맛있어. 좋은 인공감미료를 쓰는 것 같네."

"그걸 칭찬이라고 하는 거냐······."

유원지에 입장하고 5분 정도 흘렀을 즈음.

우리는 이제 막 개장해서 사람이 얼마 없는 카페테리아에서 가짜 레몬 티를 즐기면서 우아한 한때를 보내고 있었다.

오전 열 시 반, 애프터눈 티라고도 할 수 없는 시간대에 말이다.

게다가 음료수만이 아니라······.

『번호표 1번인 손님, 피시버거와 감자튀김 나왔습니다.』

"아, 드디어 나왔네. 토모야. 내 피시&칩스를 받아와."

"넌 왜 그렇게까지 가짜 영국인틱한 거야?"

뭐 하나 한 게 없는데 식사까지 하려고 하고 있다.

"저기, 토모야. 좀 전부터 주위 사람들이 우리를 빤히 쳐다보는 것 같은 느낌이 들어."

"유원지 이벤트의 일부라고 생각하는 걸 거야. 주로 너를 말이야."

아직도 자신이 얼마나 특수한 옷차림을 하고 있는지 눈치채지 못한 동급생은 말과는 달리 주위의 시선을 신경쓰지 않으며 타르타르소스를 뿌린 흰살 생선 튀김을 즐기고 있었다.

이 녀석은 어릴 적부터 부잣집 아가씨로 자랐으면서도 이런 정크 푸드에 거부감을 느끼지 않는다니깐.

뭐, 반은 영국인이니까 미각이(이하 생략).

"그건 그렇고, 이렇게 더우면 한 발짝도 움직이기 싫어지는구나."

"그러니까 넌 대체 뭘 하러 온 거야?"

몇 번이나 말했지만, 우리는 아직 유원지 안을 10분도 채 돌아다니지 않았다.

이래서 허약 은둔형 외톨이의 대명사인 동인 작가 따위와 함께 오고 싶지 않았던 거라고.

창작을 위해 열정을 불태우는 작가들을 존경하기는 하지만, 몸 관리 좀 한 후에 작품을 만들어 줬으면 좋겠어.

"아무튼 우선 작전회의부터 하자. 이 더운 날씨에 효율적으로 돌아다니지 않으면 더위 먹고 쓰러질지도 몰라."

"뭐, 그건 그렇지만⋯⋯."

"그런데 오늘은 어디어디를 돌아볼 거야?"

"으음, 잠깐만 기다려. 실은 우타하 선배가 지시서를 써줬어."

"⋯⋯카스미가오카 우타하의 명령대로 움직이는 거야? 그건 싫어."

"너 진짜로 뭐 하러 온 거야⋯⋯."

왜 나는 이렇게 제멋대로인 녀석과 일부러 국교회복을 한 것일까.

"으음⋯⋯ 가장 중요한 건 역시 풀장이네."

"그, 그렇구나⋯⋯."

우타하 선배의 지시서에는 (창작에 관한 것에만) 꼼꼼한 선배답게, 게임에 나오는 배경 리스트가 정리되어 있었다.

"그것도 내부의 사진도 필요하니까 풀장 안에 들어가야 할 것 같아."

"⋯⋯들어갈 거야?"

"싫어?"

"그, 그게⋯⋯."

게다가 배경 하나하나마다 어느 시간대에 어떤 씬에 쓰이는지도 세밀하게 설명되어 있어서, 로케이션 헌팅을 하는 사람 입장에서도 엄청 편했다.

이런 정보 없이 멋대로 소재 사진을 찍다간『해질녘 씬에서 쓰고 싶은데 한 낮에 찍은 사진밖에 없다』든가,『멀리서 올려다보는 느낌으로 배치하고 싶은데, 가까운 데서 찍은 사진밖에 없다』같이 헛수고만 할 수도 있는 것이다.

정말이지 시나리오라이터로서도, 나 같은 초심자 디렉터의 조언자로서도 엄청 믿음직한 프로페셔널이다.

"여기서는 카메라를 쓸 수 없으니까, 에리리가 스케치를 해줬으면 해."

"아…… 알았어."

게다가 리스트의 보충 설명문에는『풀장 내부에서의 사진 촬영은 금지일 테니 주의할 것』이라고 적혀 있었다.

"수영복이 없으면 빌리면 돼. 대여 서비스도 하는 것 같거든."

"아, 그건 괜찮아……. 챙겨왔거든."

결국, 풀장에서의 스케치야말로 오늘 에리리가 함께 와서 생길 가장 큰 이점일 것이다.

그렇기 때문에 에리리를 꼬시는 내 목소리에도 힘이 실렸다.

"부탁해, 에리리……. 나의, 우리의 꿈을 위해서!"

"수영복 입은 나를 그렇게 보고 싶은 거야?"

"배경 소재가 필요한 것뿐이거든?!"

"……보고 싶어?"

"……윽."

입가에 타르타르소스가 묻은 것도 눈치채지 못한 채 에리리는 나를 쳐다보고 있다.

그녀의 얼굴에 맺힌 감정이 불안인지 기대인지 확실하게 알 수는 없었지만, 적어도 혐오는 존재하지 않았다.

혹시 내 열의를 다른 방향으로 해석한 것일까. 아니면…….

"그, 그러니까 그런 게 아니라, 게임을 완성시키기 위해…… 이 이벤트를 위해서……!"

나는 에리리를 향해 우타하 선배가 써준 배경 리스트를 내밀었다.

어쩌면 나는 그저 부끄러움을 감추기 위해 그런 것일지도 모른다.

내 마음속 깊은 곳에 존재하는 본심을 에리리에게 들키지 않기 위한 위장이었을지도 모른다.

하지만…….

"…………이게 뭐야?"

"응?"

우타하 선배가 친 함정은 교묘하기 그지없었다.

배경 16 : 유원지 풀장

등장 캐릭터 : 서브 히로인 (소꿉친구)

배경 구도 : 가능하면 풀 안에 들어간 시점 요망

이벤트 내용 : 서브 히로인 카와무라 스파이더 키라리(가명)와 풀장에 간 주인공, 아즈미 세이지. 하지만 그곳에서 소꿉친구 히로인 키라리(가명)의 비키니 상의가 벗겨진다는 전형적 이벤트 발생. 허둥지둥 가슴을 가리는 영국계 혼혈 아가씨 키라리(가명)와의 이벤트를 코미컬하게 그린다. 한편, 유아 체형 히로인 키라리(가명)의 가슴은 굴곡이 없어서 비키니 상의가 걸릴 데가 없기 때문에 또 흘러내고 만다 (웃음).

"……"

"어, 어라~?"

배경 하나하나마다 어느 시간대에, 어떤 씬에 쓰이는지도 세밀하게 설명되어 있어서 로케이션 헌팅을 하는 사람 입장에서도 엄청 편했다.

……이 리스트를 받았을 때, 그 섬세함에 "역시 우타하 선배는 믿음직하다니깐!" 이라고 말하며 제대로 읽어보지 않은 당시의 나에게 한 마디 해주고 싶다.

"이 암흑 작가가 그렇게 쉽게 넘겼을 리 없잖아!" 하고 말이다…….

"토모야……"

"이, 이야~ 이거 꽤나 코미컬한 이벤트네! 안 그래?"

허둥지둥 리스트를 가방에 넣은 나는 에리리에게 일단 카페에서 나가자고 말하려……

"나, 안 가."

"에, 에리리……"

"풀에는 절대 안 갈 거야……. 평생 안 가는 한이 있더라도!"

"아, 아하, 아하하……."

그리고 또 암초에 부딪혔다.

※　※　※

"다녀왔어……."

"……."

한 시간 후…….

지칠 대로 지친 표정으로 카페에 돌아온 나를 본 에리리는 위로의 말을 건네는 대신 아이스티의 빨대를 빨았다.

……이미 같은 컵이 세 개나 테이블에 놓여 있다는 사실은 못 본 척 하자.

"일단 풀장 안의 풍경을 몇 장 정도 스케치해왔어."

"……보여줘."

"그래."

나는 에리리에게 빌린 스케치북을 내밀었다.

에리리는 언짢은 표정을 지으면서 스케치북을 펼치고 연필로 어설프게 그린 그림들을 차갑기 그지없는 눈으로 훑어봤다.

"정말, 이 정도 스케치에 왜 이렇게 시간이 걸린 거야…… . 네가 오기 전까지 다섯 명이나 되는 남자가 나한테 말을 걸었단 말이야."

"아~ 그거 정말 죄송하게 됐습니다요~."

나는 약간 퉁명한 태도를 취하기는 했지만, 더는 아무 말도 하지 않았다.

시간이 걸린 것도, 겨우 이 정도 성과밖에 내지 못한 것도, 남자들이 말을 걸어댄 것도, 전부 에리리가 풀장에 가지 않았기 때문……이라는 소리를 하는 것도 금지다.

게다가 사진 촬영만큼은 아니지만, 오타쿠틱한 남자가 풀 가장자리에서 혼자 스케치북에 뭔가를 그려대고 있을 때 주위에서 어떤 반응을 보일지에 대해 미처 생각하지 못했다.

풀장 안전요원을 비롯한 여러 사람들의 시선이 너무 따가운 탓에 차분하게 스케치를 할 수가 없었다…….

"이딴 스케치는 전혀 도움이 안 된다구. 결국 상상으로 보완할 수밖에 없겠네. ……정말 쓸모없는 디렉터라니깐."

"예이예이."

"뭐, 아무튼 수고했어. 토모야도 스콘 먹을래?"

에리리는 나를 마구 매도해대면서도, 마지막에는 내 노고를 아주 약간 치하해줬다.

뭐, 이러쿵저러쿵 하고 있기는 하지만 무자비하게 나를 내팽개친 것은 약간 신경 쓰고 있는 것이리라.

그건 그렇고…….

"너, 반은 영국인이면서 이딴 걸 스콘이라고 먹는 거냐……."

"맛있으니 됐잖아."

"뭐, 그건 그렇지만……."

그렇다. 에리리가 나에게 내민 스콘은 동그란 빵이 아니라, 코이0야라는 과자 회사에서 만든 콘 스낵이었다.

정말, 이 녀석은 왜 이렇게 일부러 꾸민 것처럼 가짜 영국인 냄새를 풍기는 걸까…….

"……."

"흐음……."

"왜 그래?"

"아니, 역시 프로라는 생각이 들어서 말이야."

"추켜 세워봤자 너한테 득 될 일은 없어."

"스콘 좀 먹을게."

"너, 과자 얻어먹고 득봤다고 우기려는 거지?"

나는 과자를 입에 넣으면서 에리리가 품안에 끼고 있는 스케치북을 훔쳐봤다.

에리리는 내가 풀장에 가서 그려온 러프 그림에 재빠르게 선을 추가해서 제대로 된 스케치로 완성하고 있었다.

그렇게 그녀가 그린 한여름 풀장의 풍경에는 내가 그린 오리지널의 흔적이 전혀 남아 있지 않았다.

……물론 좋은 의미에서 말이다.

강렬한 햇살, 반짝이는 물보라, 즐겁게 놀고 있는 커플과 아이들.

땀을 뻘뻘 흘리면서 이 광경을 눈에 새겼던 사람은 나였는데, 냉방이 잘되는 건물 안에서 쉬고 있던 에리리이야말로 마치 직접 보고 왔단 듯이 그림을 그렸다.

이 녀석, 캐릭터만이 아니라 풍경도 정말 잘 그린다니깐.

그런 모습을 보니, 에리리에게는 에로 동인 작가라는 길 외에도 많은 길이 열려 있는 것 같다는 생각이 들었다.

"너, 장래에 어떻게 할 거야?"

"뭐……?!"

하지만 다음 순간, 에리리가 손에 쥐고 있던 연필이 장렬하게 옆으로 쭉 미끄러지고, 작업 중이던 스케치북 종이를 두 동강내고 말았다.

"아아아아아아아아아아아앗~!!!"

그리고 다음 순간, 에리리는 단말마를 지르고 말았다……. 뭐, 그림을 거의 다 완성했으니 저러는 것도 무리는 아니지.

"자, 자, 장……."

"아니, 방금 그게 그렇게 충격을 받을 질문이었어?"

그런 에리리를 본 내가 데자뷔를 느낀 것은, 이것이 그녀가 당황했을 때 보이는 전형적인 반응이기 때문이다.

"뭐, 뭐어? 토, 토모야? 그게 무슨……."

"대학에 갈 거야? 역시 미대? 아니면 상업 작가를 목표로 삼을 거야?"

"으~~! 그딴 걸 벌써 정했을 리가 없잖아!"

"그, 그렇구나. 미안해."

이렇게 화낼 만한 질문이 아니었다는 생각이 들었지만…… 뭐, 됐어.

이 녀석의 역린이 어디 달려있는지는 아직도 알 수 없으니까 말이야.

"……그런데, 나는 그렇다 치고 토모야야말로 어떻게 할 거야?"

"뭐? 나?"

나는 거기서 이 이야기가 끝난 줄 알았는데, 기분이 상했을 에리리는 이 금단의 화제를 계속 끌고 갈 생각인 것 같았다.

뭐, 그녀의 손은 여전히 엄청난 속도로 작업 중이지만 말이다.

"일전의 진로 조사 용지에 뭐라고 적었어?"

"아~ 그거 말이구나."

그러고 보니 여름 방학 직전에 진로 조사 용지를 받았었지.

아직 2학년밖에 안 됐는데 말이야. 우리 학교는 그런 걸 너무 서두르는 것 같아.

"문과? 이과? 3학년은 문과와 이과로 반이 나뉘지?"

뭐, 나는 빨라도 딱히 문제는 없지만 말이야.

뭘 할지 이미 정해졌거든.

"그건 아무 쪽이나 상관없지만, 일단 취직 쪽을 생각하고 있어."

"뭐……."

나의 확고한 선택을 들은 에리리는 꽤 당황스러워했다.

"토모야, 진학 안 할 거야……?"

이번에는 스케치북을 찢지 않았지만, 그 대신 손이 완전히 멈춰 있었다.

……정말 이 녀석의 크리티컬 부위는 어디에 있는지 알다가도 모르겠다니깐.

"뭐, 대학에 가면 여러모로 견식을 넓힐 수 있다는 건 인정해."

그것도 그럴 것이, 시간이 남아도니 애니메이션과 게임이 쌓이지 않을 테고, 여러가지 장르의 수많은 작품에 대한 견

식을 넓힐 수 있을 것이다.

"그치만 나는 아버지의 등을 바라보면서 계속 자랐잖아. 빨리 아버지처럼 일하고 싶어. 사회에 나가고 싶다고."

"그, 그렇구나……. 꽤 진지하게 생각하고 있네."

"당연하지."

진지하게 생각하고 있다고.

왜냐하면 나는 정사원의 월급이 얼마나 되는지 알고 있거든.

한 달 봉급으로 게임을 몇 개 살 수 있는지 알고 있고…….

아아, 어른의 수입은 왜 이렇게 매력적인 걸까.

1년 전 쯤, 대여점 아르바이트를 할 때 우리에게 일을 다 떠넘기고 농땡이나 피우던 월급 도둑 본사 정사원의 보너스 금액을 들은 나는, 한시라도 빨리 사회로 진출하자고 결의를 새롭게 다졌다.

하지만…….

"곤란해……."

"에리리?"

10년 전부터 알고 지낸 소꿉친구는 어째선지 내 숭고한 결의를 이해하지 못하는 것 같았다.

"나, 고졸은 곤란해……."

"네 말투에서 현실미가 마구마구 느껴지거든?!"

"으, 으음, 미안해……. 그래도 대학에 안 가면 곤란해."

"네가 왜 곤란한 건데?"

"아, 내가 아니라, 우리 집이……."

"아니, 그러니까 왜 스펜서 가문이 곤란한 거냐고."

"…………."

"에리리?"

"…………."

그 후, 어찌된 영문인지 에리리의 말수가 확 줄어버렸다.

그런 에리리가 신경 쓰여 말을 걸어도, 그녀는 미묘한 반응을 보이면서 묵묵히 스케치북에 그림을 그릴 뿐이었다.

그런 그녀 때문에 기분이 머쓱해진 나는 또다시 에리리를 내버려둔 채 혼자서 도망치듯 로케이션 헌팅을 하러 갔다.

배경21 : 유원지에 있는 귀신의 집

등장 캐릭터 : 서브 히로인(소꿉친구)

배경 구도 : 귀신의 집 안. 주요 귀신(접시저택요괴, 목길쭉이 요괴, 못난이 요괴 등)은 화면 오른편에 배치.

이벤트 내용 : 서브 히로인, 카와무라 스파이더 키라리(가명)와 이번에는 귀신의 집에 간 주인공, 아즈미 세이지. 하지만 그곳에서 상류층 아가씨 히로인 키라리(가명)가 호러물을 엄청 싫어한다는 사실이 판명되는 전형적 이벤트 발생. 패배자 히로인 키라리(가명)는 공포에 질린 나머지 맛이

간 얼굴로 더블 피스를 한다는 추태를 부리고 만다(웃음).

"…………우타하 선배."

아무튼, 이번에는 배경지시서를 에리리에게 절대 공개하지 않았다.

※　※　※

"다녀왔어……."

"……."

몇 시간 후…….

에리리는 오늘 몇 번이나 본부기지인 카페에 귀환한 나에게 눈길 한 번 주지 않은 채, 그저 스케치북만 들여다봤다.

하지만 나는 그런 그녀에게 불평을 할 수가 없었다.

왜냐하면 에리리는 내가 찍어온 풍경 사진들을 스케치북에 옮겨 오늘 하루 동안 스무 장정도 되는 배경 러프를 완성했기 때문이다.

그 후에도 나는 여러 놀이기구를 "혼자서" 탔다.

롤러코스터와 회전목마, 커피 컵, 거울의 집.

그런 두 명이서 타야 할 법한 놀이기구에 혼자 탈 때의 기분은 필설로 형용할 수가 없었다.

……진짜, 이럴 거면 왜 둘이서 로케이션 헌팅을 하러 온 걸까.

결국 오후 들어서는 에리리와 거의 대화를 나누지 못했다.

"아……"

그리고 대화를 나눌 계기를 찾기도 전에, 유원지 안에서 흐르는 음악이 쓸쓸한 곡조로 변했다.

"슬슬 폐장할 시간이네."

"……"

시계를 보니 현재 시간은 오후 5시 45분이었다.

에리리의 말대로 이곳에 있을 수 있는 시간은 15분밖에 남지 않았다.

"그럼, 돌아갈까."

"에리리……"

몇 시간 만에 에리리가 나에게 말을 걸었다.

하지만 뭔가가 변한 것도, 뭔가가 나아진 것도 아니었다.

아니, 그 이전에 뭐가 문제인지도 알 수가 없었다.

그저 서로가 공허한 기분에 잠겨있을 뿐이었다.

"남은 사진은 메일로 보내줘. 개학식 전까진 해놓을 테니까."

에리리는 자리에서 일어나더니 카페테리아의 출구로, 그리고 유원지의 출구로 향했다.

즉, 이것으로 로케이션 헌팅은 끝난 것이다.

나도 우타하 선배가 지정해준 모든 미션을 완수했다.

그러니, 이제……

"미안한데, 실은 아직 안 간 곳이 한 군데 있어."

"그래? 그럼 나는 먼저 돌아……."

"아니, 미안하지만 이번만큼은 같이 가줘."

"뭐……?"

"부탁한다……. 부탁이야, 에리리."

"토모야……?"

그래도 이대로 끝낼 수는 없지…….

배경47(추가) : 유원지 관람차

등장 캐릭터 : 금일 한정 메인 히로인(소꿉친구)

배경 구도 : 관람차 좌석에 마주 보고 앉아 맞은 편 좌석을 바라보는 구도로.

이벤트 내용 : 주인공(아키 토모야) 하기 나름.

※　※　※

"아, 저거 너희 집 아냐?"

해가 저물어가고 있는, 약간 북쪽으로 치우친 서쪽 방향.

약간 높은 언덕 위에 있는 저택은 고층 빌딩에 가려지지 않은 채 우리 눈에 들어왔다.

⋯⋯뭐, 지금 우리가 있는 고도가 높아진 덕분이기도 하겠지만 말이다.

"우리 집은⋯⋯ 역시 안 보이네."

폐장을 알리는 노래가 흐르고 있는 유원지.

우리가 마지막으로 탄 것은 관람차였다.

"⋯⋯⋯⋯⋯."

아무 말 없이 나를 따라온 에리리는 내가 지시한 자리에 순순히 앉았다.

아무래도 낮에 있었던 일 때문에 아직 화가 난 것도, 그 일을 계속 질질 끌고 있는 것도 아닌 듯 했다.

하지만 여전히 가라앉아있는 그녀는 내가 말을 걸기 힘든 분위기를 자아내고 있었다.

아무래도 최근 몇 시간 동안 자신이 취한 태도 때문에 저러는 것 같았다.

"저기, 에리리."

그래서 나는 관람차가 정상에 도달했을 타이밍에⋯⋯.

"오늘은 고마웠어."

먼저 손을 내밀기로 했다.

그것이 우리에게 있어 올바른 선택이라고 생각했기 때문이다.

"딱히 고맙다는 말을 들을 만한 일은 안 했어."

"그렇지 않아. 배경 쪽은 단숨에 진도가 나갔잖아. 그건 전부 에리리가 오늘 열심히 작업을 해줬기 때문이야……. 우리 서클을 위해서 말이야."

그도 그럴 것이, 이제 와서 솔직하게 사과하는 에리리를 보니 닭살이 돋을 것 같았다.

이 녀석은 그런 순진무구 캐릭터를 초등학교 때 봉인했단 말이다.

"그건…… 딱히 할 일이 없어서……."

그리고 내가 본심을 털어놓자마자 기세가 꺾이는 게 이 드센 아가씨의 약점이다.

"그래도 도움이 된 건 사실이야. 고마워."

"나는 감사받을 이유가 없어……. 오늘 내 태도가 나빴다는 건 나도 자각하고 있다구."

이 상황에서 "아니, 너는 항상 태도가 나쁜데." 같은 소리로 바로 그 자리에서 평소의 드센 아가씨로 돌아가 모든 걸 망치고 원래대로 만들게 할 자신도 있다.

하지만 오늘은…….

"그래도 이건 받아줘. 내 감사의 뜻이야."

"아……."

평소와 다른 방향으로 나아갔다.

에리리는 내가 내민 것을 지그시 바라보았다.

아마 선물이 있다는 걸 미리 예상하고 있었다면 이것은 매우 유감스러운 아이템일 것이다.

그것도 그럴 것이, 내가 내민 것은 유원지 안에 있는 자동판매기에서 산 호라쿠엔 유원지의 날짜 각인 기념 메달이었다.

센스도 없고, 오타쿠틱하지도 않으며, 어정쩡하기 그지없는, 요즘 이런 걸 받고 누가 좋아하겠어 같은 생각이 드는 물건이었다.

하지만 내가 지금 에리리에게 줄 수 있는 것은 이것뿐이다.

오타쿠 상품은 항상 교환하고 있다.

값비싼 선물 따위, 이 아가씨에게 아무런 의미도 없다.

그렇다면 오늘, 우리 두 사람이 이곳에서 함께 있었다는 사실을 증명해줄 수 있는 것이야말로 가장 의미가 있을 거라고 생각했다.

"만약 우리가 다른 길을 가게 되더라도……."

"뭐……."

"진로도, 서클도, 혹시 사는 동네도 달라져서, 매일은 고사하고 일주일에 한 번, 한 달에 한 번도 못 만나게 되더라도 말이야."

낮에 혼자서 로케이션 헌팅을 하면서 계속 생각했다.

그 후에 에리리는 왜 조용해진 것일까.

무엇 때문에 불안을 느끼고, 무엇 때문에 쓸쓸함을 느낀 것일까.

"그래도 우리는 반드시 만날 거잖아?"

내가 내린 결론에 확신을 가지고 있는 것은 아니지만…….

"1년에 두 번은, 코믹마켓에서 만날 거잖아?"

실은 에리리도, 미묘하게나마 이루어진 우리의 국교회복을 나름 기뻐하고 있는 것이 아닐까?

"나는 무슨 일이 있어도 오타쿠를 관두지 않을 거야. 코믹마켓에 가는 것도 절대로 관두지 않을 거야."

그렇기 때문에, 1년 반이 지나면 다시 멀어지고 말지도 모른다는 사실 때문에 쓸쓸함을 느낀 것은 아닐까?

"에리리는 어때? 너는 오타쿠를 관둘 거야?"

나는 그런 추측을 한 것이다.

"코믹마켓에 가지 않을 거야?"

에리리는 여전히 아무 말 없이 나를 응시하고 있었다.

나의 어림짐작을 듣고 석연치 않은 표정을 짓고 있었다.

하지만…….

"요즘 세상에 이런 걸 받고 기뻐하는 여자애가 있을 거라고 생각해?"

"걱정하지 마. 그딴 걸 받고 기뻐할 만한 남자애도 내가 아는 녀석들 중에는 없어."

"아하……."

결국 그녀는 작게 웃으며 그 싸구려 메달을 받아줬다.

속죄인지, 배려인지, 아무래도 상관없는 것인지는 알 수 없다.

하지만 분명 좀 전까지의 에리리와는 다른 에리리가 되어 있었다.

"하하, 하하하."

그래서 기뻐진 나는 덩달아 웃음을 터뜨렸다.

에리리 또한 웃음을 흘리면서 나를 바라보았다.

그리고 다시 입을 연 그녀는…….

"저기, 토모야."

"응?"

"안경 벗어봐."

"뭐…….."

"그리고, 눈 감아."

"에, 에리리……?"

오해하기 딱 좋은 소리를 했다.

"다 됐어, 토모야……. 눈 떠도 돼."

"뭐…….."

안경을 벗고 눈을 감은 상태에서 몇 분이 흐른 후…….

에리리가 다시 입을 열었을 즈음에는 관람차가 착지하려 하고 있었다.

몇 분 만에 빛을 맞이한 내 눈에 우선 들어온 것은 눈부신 석양이었다.

그리고 빛에 조금씩 익숙해지자, 이번에는 창밖에 펼쳐진 유원지의 풍경이 눈에 들어왔다.

그 뒤를 이어 그제야 관람차 안이 눈에 들어왔다.

마지막으로, 내 눈앞에 있는 에리리와, 그녀가 들고 있는…….

"자, 이게 세이지야."

내가 눈을 감고 있는 동안, 연필을 놀리는 소리가 계속 들렸다.

그래서 에리리가 뭔가를 그리고 있다는 것은 알고 있었다.

하지만 그것이…….

"……너무 미남인 거 아냐?"

"당연하지. 주인공이잖아."

"그런, 거야……?"

스케치북에 그려진 것은 꽤 미화된 남자애이기는 하지만…….

그 남자애의 베이스는 안경을 벗은 내가 분명했다.

에리리는 이것이 우리가 만드는 게임의 주인공인 "아즈미 세이지"라고 말했다.

그 말은 즉…….

"너 줄게."

"어, 하지만……."

이런 미남의 초상화가 그려진 페이지를 스케치북에서 뜯어낸 에리리는 그것을 나에게 떠넘기듯 건넸다.

이게, 아까 메달의 답례인 건가······?

"디자인은 머릿속에 새겼으니까 이제 이 러프는 필요 없어."

"에리리······?"

"자······ 내리자, 토모야."

에리리가 왜 이것을 그렸는지, 그리고 왜 나에게 줬는지, 결국 나는 깨닫지 못했지만······.

"그래. 그럼 슬슬 돌아가자."

그래도 나는 이미 아무래도 상관없었다.

왜냐하면, 에리리가 웃고 있었기 때문이다.

아까의 희미한 미소보다 훨씬 밝고, 뭔가를 떨쳐낸 듯한 맑은 표정으로, 웃고 있었기에······.

※　※　※

그리고 여름 방학이 끝났지만, 아직 더위가 채 가시지 않은 9월 초.

"그때는 정말 고마웠어, 카토."

"나는 딱히 아무 것도 안했는데?"

개학식에 참가하기 위해 학교에 향하며 오래간만에 걷는

통학로.

그리고 만나는 것은 오래간만이 아니지만, 교복 차림은 오래간만에 보는 카토 메구미.

초등학교, 중학교 때는 전혀 접점이 없었고, 같은 고등학교에 다니게 된 후에도 1년 동안, 더군다나 같은 반이 되고도 한 달 가량 존재조차 인식하지 못했던 클래스메이트.

……뭐, 지금은 그런 몰개성스러움을 살려, 우리 서클인 『blessing software』에서 만드는 게임의 메인 히로인으로서 나날이 존재감을 갈고닦고 있는, 귀엽고 멍한 여자애.

"그게 말이야. 카토 말대로 선물이 엄청 효과가 있었거든."

"아…… 이전에 사와무라 양과의 로케이션 헌팅 때 말이야?"

"응! 쉬고 있는데 느닷없이 전화해서 정말 미안해. 그때는 어쩌면 좋을지 정말 감이 안 왔거든."

그리고 개인적으로는 "아직까지" 무슨 이야기든 주저 없이 할 수 있는 마음 편한 지인.

"하지만 딱히 특별한 조언을 해준 건 아냐. 사와무라 양만이 아니라 『여자애라면 누구라도』 좋아할 일반론을 말해준 것뿐이라구."

"아니, 그래도 덕분에 살았어. 정말 고마워."

"으, 응, 뭐…… 도움이 됐다니 나도 기뻐."

그렇다. 이렇게 다른 여자애에 대해 상담할 수 있을 정도로 말이다.

　그래서 유원지에서도 그녀에게 연락을 한 것이다.

　"아, 그래서 말이야. 그 일의 답례는 아니지만 카토 너, 이번 주 토요일에 시간 있어?"

　"어……."

　"아니, 이것도 로케이션 헌팅인데, 지금 남아있는 게 로쿠텐바 몰 같은 쇼핑가거든."

　"저기, 아키 군……."

　"이번에도 다른 사람의 도움이 필요한 건 아니지만, 역시 그런 곳에 나 혼자 가는 건 거부감이 든다고나 할까……."

　"으음, 그 이야기는 이제……."

　"카토는 지난번처럼 적당히 쇼핑만 하면 돼. 나는 따라다니면서 사진 촬영만 할게."

　"그만 하는 편이……."

　"부탁이야! 이번에야말로 도중에 내팽개치지 않을게! 아, 그래! 새 모자 필요하지 않아?"

　"아아……."

　"어? 카토, 왜 그래? 내 등 뒤에 누가 있기라도…… 윽?!"

　"안녕, 사와무라 양."

　"……."

"……사와무라 양?"

"아, 응…… 안녕, 이시마키 양."

"왜 그래? 얼굴이 새빨갛잖아. 게다가 이 땀 좀 봐!"

"아, 아니, 아무 것도 아냐……. 오래간만이야……."

"몸이 떨리고 있잖아. 몸뿐만 아니라 목소리도 떨리는 것 같은데……. 저기, 양호실에 갈래?"

"아, 아냐. 괜찮아……. 정말 괜찮아……."

"뭐가 괜찮다는 거야. 무리 하지 마."

"……."

"……."

"저기, 아키 군……."

"카토……."

"나, 경고는 해줬어."

"하하, 하하하……."

그렇게, 그 후 2주 동안…….

에리리는 서클 활동에는 매일같이 참가해 줬지만, 나와는 한 마디도 말을 섞지 않았다.

(최초 수록 : 드래곤매거진 2013년 5월호)

제 **3.7**화

망상하는
카스미 우타코

Saenai heroine no sodate-kata FD

"선배."

"……."

전철의 리드미컬한 흔들림에 맞춰 내 오른쪽 어깨에 무게가 실렸고, 검은 머리카락이 내 눈앞에서 찰랑거릴 때마다, 샴푸 향기가 내 코끝을 스쳤다.

"우타하 선배."

"……으응?"

그런 여러 가지 행복한 감정에 오감 전체로 아쉬움을 느끼면서도(아주 잠시만!), 내 오른편에 앉자마자 그대로 나에게 기대 깊은 잠에 빠진 그녀에게, 나는 거의 한 시간 만에 말을 걸었다.

"이제 곧 종점이니까 일어나요."

"으응…… 그렇구나. 벌써 니가타야?"

"아직 국경의 긴 터널을 빠져 나오지도 않았다고요!"

그러자 『문학소녀와 골 때리는 성격』이라는 제목을 붙이고 싶어지는 긴 흑발의 여성은 잠이 덜 깬 채 여기와는 전혀 다른 설국(雪國)을 연상케 하는 종착역의 이름을 입에 담았다.

그리고 그녀는 드라마에도 정통하니까 "새끼손가락과 새 끼손가락을 붉은 실로 이은 채 동반 자살할 생각은 없거든 요?!" 같은 딴죽을 날릴까도 생각했다. 하지만 옛날에 했 던, 게다가 재방송으로 겨우 봤던 드라마의 내용으로 딴죽 을 날리면 못 알아들을 수도 있을 것 같아서 자중했다.

"와고 시에 도착했다고요. 자, 내릴 준비해요."

"알았어. ……으응."

"앗! 내 옷으로 입 닦지 마요!"

"옷 안 더러워졌으니까 걱정하지 마. 침 안 흘렸단 말이 야."

"내가 자제해줬으면 하는 건 그런 도발적 행위를 자연스 럽게 실행하는 그 위험사상입니다만……."

의식적인지 무의식적인지 알 수 없는 미묘한 스킨십을 선 보이고, 마지막으로 크게 하품을 한 후 자리에서 일어난 위 험인물의 이름은 카스미가오카 우타하.

『카스미 우타코』라는 펜네임으로 50만부나 팔린 작품을 쓴 신인 라이트노벨 작가이기도 한 그녀는 오늘도 철야 작 업을 한 듯한 분위기를 마음껏 자아내고 있었다.

※　※　※

9월 중순의 화창한 토요일.

올해 겨울 코믹마켓에 최강의 미소녀게임을 투입하기 위해 매일같이 분투하고 있는 나, 『blessing software』 대표, 아키 토모야에게 있어 주말은 게임 제작비 확보를 위해 아르바이트를 세 개나 뛰어야 하는, 자체 근로자의 날이었다.

그렇다. 이른 아침에 후시카와 쇼텐에서 전화가 오기 전까지는……

※ ※ ※

"안녕, TAKI 군. 자아, 이번에 네가 맡을 임무는 말이야……"

"주말 꼭두새벽부터 급하게 출판사로 오라고 불러놓고 한다는 말이 그건가요……."

연령상으로 볼 때 극장판밖에 모르겠지만, 어디로 보나 옛날에 방영했던 드라마 버전의 느낌으로 이야기하고 있는 이는 후시카와 쇼텐 판타스틱문고 편집부의 마치다 소노코 여사다.

그리고 이곳은 대형 출판사인 후시카와 쇼텐의 제2회의실.

일전의 카스미 우타코 인터뷰를 할 때 사용했던 익숙한 장소다.

뭐, 원래는 일개 고교생 오타쿠가 익숙해질 장소가 아니지만, 동급생과 선배 중에 치트급의 업계인이 있는 탓에 벌어진 수난…… 아니, 이득이라고 생각해줬으면 한다.

"실은 나, 오늘 시~ 양과 와고 시를 취재하러 갈 예정이었어."

"흐음…… 어, 7월에도 하지 않았어요?"

"그때는 그 지역의 관련 부서 사람들에게 인사하는 것과, 로케이션 헌팅 같은 게 주목적이었어. 하지만 이번에는 작가님의 아이디어 창출이 주목적이야."

작가, 카스미 우타코의 새로운 시리즈의 타이틀 및 발매 시기는 정해지지 않았지만, 작품의 무대가 전작인 『사랑에 빠진 메트로놈』과 마찬가지로 와고 시라는 사실은 발표됐다.

"흐음…… 그럼 회의를 하러 일부러 현지까지 가는 거예요? 마치다 씨는 휴일에도 정말 수고가 많네요."

"작가는 목숨을 깎아내면서 창작을 하고 있잖아. 그 열의에 답하기 위해서라면 이런 건 아무 것도 아냐. 따로 본업이 있어서 주말에만 만날 수 있는 작가도 많거든."

"……그 말, 우타하 선배 앞에서 해보는 게 어때요?"

낯가림이 심하고, 독설가이며, 실은 꽤 커뮤니티력이 낮은 우타하 선배가 이 업계에서 작가 활동을 계속할 수 있는 것은, 자신을 희생해가며 작가를 지키는 이 키다리 아저씨, 아니, 키다리 누님 덕분이라고 생각한다.

"솔직히 말해 휴일에도 상대가 함께 일해 준다면 문제될 건 없어. 문제는 우리가 일하고 있을 때도 당당하게 놀려고 하는 상대지. 연휴 기간 동안 가동하지 않는 인쇄소 같은데 말이야. 그 탓에 마감을 얼마나 당겨야 했는지…… 그 녀석들이 이 세상에서 사라져버렸으면 좋겠어."

"죄송해요. 더 들으면 제 정신위생상 좋지 않을 것 같으니까 그만해 주세요!"

출판사는 조직뿐만 아니라 거기에 소속된 개개인도 악랄하네……

"뭐, 아무튼 아홉 시에 이즈카바시 역 서쪽 입구에서 만나기로 했어."

"그럼 이러고 있을 때가 아닐 것 같은데요?"

"응. 이동시간을 생각하면 슬슬 출발해야지, 안 그러면 지각할 거야."

벽에 걸린 시계를 보니 약속 시간 15분 전이었다.

"그럼 저랑 이런 데서 괜한 이야기나 하고 있을 때가 아니라 서둘러야죠."

"응. 괜한 이야기나 하면서 시간을 뺏어선 안 되겠네. TAKI군은 정말 이해력이 좋다니깐."

"아니, 그러니까 지금 제 이야기가 아니라……"

"그러니까 이게 오늘 스케줄표, 긴급연락처 일람, 그리고 지갑……취재비 명목으로 돈은 넉넉하게 넣어뒀으니까 아끼지 말고 써. 하지만 영수증은 꼭 챙겨둬. 영수증 수신인은 후시카와 쇼텐으로……"

"자, 자, 잠깐만요?!"

남 일처럼 듣고 있던 고생담이 어느 샌가 자신이 겪게 될 일로 바뀌었을 때의 공포와 초조함을 알아? 나는 지금, 하지 않아도 될 쓸데없는 경험을 실시간으로 하고 있는 중이야……

"이야~ 사실 내가 가는 게 맞고, 엄청 가고 싶거든? …… 그러니까 원망할 거면 어젯밤에 바이크 사고를 낸 미시마 군을 원망해."

"미시마 씨라면 판타스틱 편집부의……."

"대퇴골 골절로 전치 3개월이래……. 이 빌어먹을 시기에 사고를 내다니, 확 ○어버렸으면 좋았을걸."

"저기, 목숨에 지장이 없는 걸 기뻐해야 하는 거 아닌가요……."

응, 역시 출판사가 악랄하다기보다는 출판사 직원 개개인이 악랄하다고 봐야 될 것 같아.

"그리고 재수 없게도 미시마 군이 담당하는 작가의 사인회가 오늘 아키하바라에서 열리거든. 게다가 사인회가 끝나고는 출판사의 높은 사람과 긴자에서 프렌치를 즐기기로 되어 있지 뭐야."

"우와, 그 접대 플랜은 미묘하게 논픽션틱해서 좀 싫네요."

"아무튼, 미시마 군이 동석할 수 없게 된 바람에 직속 상

사인 내가 대타로 나설 수밖에 없게 됐어······."

"맙소사······."

"그러니까 부탁 좀 할게, TAKI 군······. 시~양과 돌발 데이트 이벤트 좀 발생시켜줘."

그렇게 마치다 씨는 마치 미소녀게임의 히로인 공략 필수 이벤트 같은 선택지를 제시했다.

확실히 그녀가 말한 변명······이 아니라 피치 못할 사정에는 동정의 여지가 있었다.

이런 일이라면 그녀가 오늘 우타하 선배의 곁에 있어주지 못하는 것도 당연하다고, 누구나 다 납득할 것이다.

하지만······.

"마치다 씨는······ 괜찮은 거예요?"

"TAKI 군······."

"로케이션 지역에서의 신작 플롯 작성은 담당 편집자의 실력을 가장 확실하게 보여줄 수 있는 일이잖아요. ······작품의 근간을 이루는 그런 중요한 일을 저 같은 일개 팬에게 맡겨도 괜찮은 거예요?"

나는 놓치지 않았다······. 마치다 씨의 눈동자에 깃들어 있는 수치심을.

"그래, 솔직하게 말하자면 말이야. 나도 이런 재미있는 일을 남에게 맡기고 싶지 않아. 샴페인으로 건배할 시간 있으면 커피 한 잔 시켜놓고 몇 시간 동안 자리를 차지하면서 캐릭터의 이름을 생각하고 싶어!"

그리고 금방이라도 흘러넘칠 듯한, 그녀의 본심을 말이다.

"그럼 그렇게 해요! 무슨 일이 있어도 자신이 담당하는 작가를 우선하는 게 진짜 편집자잖아요!"

"맞아! 네 말대로야! 하지만 이번 사인회는 원래 시~ 양이 할 예정이었던 건데 원고가 전혀 안 나와서 어쩔 수 없이 미시마 군에게 무릎을 꿇어가면서 부탁한 거라구! 그러니 내가 뒤치다꺼리를 할 수밖에 없어! 그건 그렇고, TAKI 군이 만드는 게임의 시나리오 쪽은 순조롭게 진척되고 있어?"

"맡겨만 주세요! 불초 아키 토모야, 최선을 다해 부편집장 마치다 소노코 님의 대타를 뛰겠사옵니다!!!"

9월 중순의 화창한 토요일.

올해 겨울 코믹마켓에 최강의 미소녀게임을 투입하기 위해 매일같이 분투하고 있는 나, 『blessing software』 대표, 아키 토모야에게 있어 이번 주말은 게임 기획 중단을 막기 위해 처절한 사투를 벌여야만 하는 날이 되었다.

※　※　※

그리고 현재로 돌아와서 오전 열 시 반, 와고 시—.

지난주보다도, 어제보다도, 부드러운 햇살이 쏟아지고 있는 하늘을 올려다보면서, 우리는 익숙한 역 앞 광장에서 멈춰 섰다.

"우선 역에 도착했는데…… 이제 어디로 가죠?"

"그걸 내가 어떻게 알아."

"으윽……."

……그 순간, 우타하 선배의 기분 수치가 최저치를 갱신했다.

뭐, 일부러 한 시간 넘게 걸려가면서 작가를 이렇게 먼 곳까지 데리고 왔으면서 무계획 상태라니, 나, 아니 편집자가 문제인 것은 분명하지만.

참고로 마치다 씨에게 받은 스케줄표라는 이름의 종잇조각에는 오후 열한 시 이후에 전철이 오고 시를 출발하는 시간만이 적혀 있었다.

죄송해요, 이건 우리 스케줄표가 아니라 전철의 스케줄표입니다…….

"애당초, 작품의 무대에 오면 아이디어가 자연스럽게 떠오를 거라니, 안이한 것도 정도가 있지."

"마치다 씨의 말에 따르면 〃현지에 가야만 이야기를 짤 수 있다.〃면서 응석을 부리는 작가가 있다던데요……."

"그건 지난 달 마감 한 시간 전에 무심코 입에서 나온 변명이었는데, 그걸 진담으로 받아들였을 줄은 몰랐어."

"아뇨, 마치다 씨는 일부러 그걸 진담으로 받아들인 거라고요."

이것은 작가의 변명 같은 무모한 요구를 들어줘서 도망칠 구멍을 막아버리는, 몇 번이나 지옥을 해쳐온 편집자만이 할 수 있는 고등전술이다.

……참고로 이 전술을 과도하게 썼다간 작가가 물리적 도주, 즉 잠적을 감행한다고 한다.

"하지만 답사를 계획한 당사자가 나오지 않았을 뿐만 아니라, 나한테 양해도 구하지 않고 대타를 보내다니, 대체 후시카와 판타스틱 편집부는 무슨 생각인 걸까?"

"그러니까 좀 전에 몇 번이나 설명해드렸잖아요. 어젯밤에 벌어진 트러블 때문에 다들 정신이 없대요."

내가 설명하는 동안에도 선배는 계속 졸아댔으니까 내 이야기를 전혀 듣지 못했을지도 모르지만, 그래도 고용주의 명예는 지켜야만 한다.

게다가 아르바이트비도 짭짤하게 쳐주기로 했으니까 말이다…….

"담당 편집자가 작가를 이렇게 대하다니 완전 갈 데까지 간 레이블이네. 판타스틱은 이제 가망이 없을 것 같으니까 GAGA문고에라도 연락해볼까?"

"농담이라도 그런 소리 하지 마요!"

뭐, 판타스틱과 아예 결별하겠다는 소리를 하지 않으니

아주 약간의 양심은 있다고 믿어보자.

그건 그렇고 오늘은 평소보다 더 기분이 나빠 보이네······.

잘 때는 정말 순수하고 귀여워 보였는데 말이야.

게다가 오늘은 잠꼬대도 안 했고, 이도 안 갈았고, 다리도 떨지 않고.

"애초에 불만이 있으면 출발하기 전에 말해요. 이즈카바시에서 만났을 때는 평소와 다름없었잖아요."

"이제 와서 분노가 솟구치기 시작했어. 특히, 나에 대한 마치다 씨의 인식 때문에 말이야."

"마치다 씨는 충분히 우타하 선배를 소중히 여기고 있다고 생각하는데요?"

"내가 문제 삼는 건······ 그게 아냐."

"그럼 뭔데요?"

"그 사람, 이렇게 속셈이 뻔히 보이는 덫에 내가 덥석 걸려들 거라고 생각하는 거네······.

대체 뭐라고 웅얼거리는 거야?

　　　　　　※　※　※

그리고 시간이 흘러 장소는 바뀌지 않은 채, 오전 열한 시 직전의 와고 시 역 앞 공원─.

"······."

"······."

우리는 역 앞 벤치에 멍하니 앉아 나이 지긋한 어르신들처럼 하늘을 올려다보고 있다.

원고 안 쓰는 작가를 이렇게까지 방치해둬도 되는 거냐, 판타스틱······ 아니, 나.

"저기, 윤리 군."

"왜요? 우타하 선배."

"배고파."

"우리 아직 아무것도 안 했는데요······."

이윽고 인내심이 다 떨어진 듯한 우타하 선배가 한 말은 마음속 깊은 곳에서 우러나온 창작을 향한 갈망이 아니라, 좀 더 원초적인 욕구와 관련된 내용이었다.

"아침부터 아무것도 먹지 못했어. 이런 상태에서 제대로 된 아이디어가 나올 리 없단 말이야."

"그것도 그러네요······. 그럼 런치 타임 때까지 기다렸다가 근처에 있는 식당에라도 갈까요?"

"그때까지 기다릴 수 없어. 빨리 빵이랑 음료수를 사와. 그게 편집자가 할 일이잖아."

"아니, 그건 부활동 후배가 할 일 같은데요······."

실은 편집자가 할 일이기도 하다고 합니다.

"······(오물오물)."

"자아, 그럼 다시 오늘 일정에 대해 이야기해볼까요."

"……(꿀꺽꿀꺽)."

"메인은 신작 구상이지만, 이대로 카페 같은데 틀어박혀서 회의를 한다면 일부러 와고 시까지 온 의미가 없겠죠."

"……(냠냠)."

"일단 저녁까지는 발길 닿는 대로 돌아다니면서 그런 장소들로 짤 수 있는 장면이나 설정 같은 걸 모아 놨다가, 한 번에 정리하는 게 좋겠죠?"

"……(쪼옥)."

"……그래도 되죠? 우타하 선배."

"……잘 먹었어."

"이런 건 나보다 선배가 프로니까, 풋내기 편집자를 잘 리드해달라고요."

"배부르니 잠이 오네. 좀 쉬자."

"선배는 작가니까 본능이 시키는 대로 살지 좀 마요!"

내 말에는 전혀 귀를 기울이지 않으며 역 앞 공원의 벤치에서 빵과 음료수를 순식간에 먹어치운 우타하 선배는 전철 안에서와 마찬가지로 또 하품을 하더니 내 어깨에 머리를 얹었다.

이 감촉과 광경과 향기를 거부하는 것은 여전히 힘들었지만, 이러다가는 영원히 신작을 완성하지 못할 것이다. 아니, 어쩌면 그래서 아직도 신작을 완성하지 못한 것일지도 모른다.

"막 영양 보충을 한 탓에 뇌까지 피가 돌지 않아. 이런 상태에서 제대로 된 아이디어가 떠오를 리가 없어."

"그래도 한심한 변명거리는 끊임없이 떠오르나 봐요?"

아아, 역시 먹이를 주지 말 걸 그랬어……

"우선 한 곳이라도 작품에 나올 장소에 가 봐요. 일단 후보지는 있을 거 아니에요."

하지만 한탄만 하다가는 시작도 못할 것이 뻔하기에, 나는 계속 의견을 제시했다.

이렇게 작가가 기분 좋게 구상을 할 수 있도록 돕는 것도 편집자의 중요한 일 중 하나라고 마치다 씨도 말했었다.

"후보지가 너무 많아서 문제야. 하루 만에 전부 다 돌아볼 수 없을 정도거든."

"그럼 후보를 좁혀서…… 그래요. 처음에 히로인과 만나는 장소 같은 건 어때요?"

"히로인과의…… 만남?"

"네.『사랑에 빠진 메트로놈』도 나오토와 사유카가 처음 만난 서점이 나중에도 인상적인 장면에서 등장하잖아요."

"으음, 그건 그래."

그 서점은 역 앞 대로변에 있는 쇼분도 서점 와고 시 역 앞 점이다.

주인공과 히로인이 만나고, 매권에서 대화를 나눴으며,

때로는 남들 보는 앞에서 싸우고, 화해했으며, 그리고……

헤어진, 『사랑메트』 팬에게 있어 성지다.

……참고로 어디 사는 오타쿠 소년과 여고생 작가가 만난 장소라나?

"그러니까 그런 키포인트가 되는 로케이션을 정해두면 다른 구상도 하기 쉽지 않을까요?"

"그것도 그러네. 그런 곳이라면……."

방금 전까지의 졸린 듯한 태도는 어디에 가버린 걸까.

우타하 선배는 어느 새 사냥감을 노리는 작가…… 아니, 이야기를 자아내는 작가의 눈빛을 띠었다.

"수족관……일까?"

"바로 거기에요!"

그리고 드디어 우타하 선배가 조금이나마 자신의 구상을 이야기하기 시작했을 때, 나는 평소와 마찬가지로 벤치에서 벌떡 일어나며 주먹을 치켜들었다.

"이 부근에 조그마한 수족관이 있는데…… 거기를 첫 히로인의 등장 신에 쓸 생각이야."

"좋아요, 좋아! 역시 제대로 생각하고 있었네요, 선배!"

"하지만 아직 어떤 식으로 전개할지 정하지 못했으니까, 거기 가봤자 아무 생각도 안 날지도 몰라."

"그런 구상을 하러 여기까지 온 거잖아요! 괜찮은 전개가 떠오르지 않더라도, 분명 뭔가 얻는 게 있을 거예요!"

"그럴, 까⋯⋯?"

그렇게 혼자서 흥분하고 있는 나와는 대조적으로, 선배는 약간 주저하고 있었다.

볼에 손가락을 댄 채 뭔가를 생각하는 자세를 취한 선배는 내 얼굴을 의미심장한 눈길로 힐끔힐끔 쳐다보면서, 약간의 부끄러움과 묘하게 귀엽고 순수함이 느껴지는 반응을 보였고⋯⋯.

"⋯⋯갈 거야? 정말 같이 가줄 거야?"

"물론이죠! 나는 오늘 선배의 담당 편집자잖아요."

마지막에는 각오를 다졌는지 나를 똑바로 쳐다보면서 고개를 끄덕였다.

"좋아. 혼자 가기는 좀 그런 장소지만, 윤리 군이 같이 가준다면⋯⋯."

"예, 가요, 선배!"

그리고 선배는 천천히 내 손을 잡더니 벤치에서 일어났다.

"좋아, 가자⋯⋯. 우리에게, 첫 기념이 될, 장소에⋯⋯."

"⋯⋯예?"

그 말을 한 선배의 입가는 왠지 미묘한 형태로 일그러진 채 부자연스럽게 떨리고 있었다.

※ ※ ※

그리고 시간이 약간 흘러 정오가 되었을 즈음, 우리는 와고 시 역 뒤편에 있는 환락가에 도착했다─.

"다행이야. 비어있어."

"……."

우타하 선배에게 안내를 받으며 도착한 "수족관"은 확실히 역에서 걸어서 5분도 채 걸리지 않을 만큼 가까운 곳에 있었다.

"으음, 입장료는 두 시간에 8000엔…… 조금 비싸네."

"……."

입구의 문을 열어보니 안에는 사람이 없었고, 토요일 한낮인데도 불구하고 어딘지 쓸쓸한 분위기가 감돌고 있었다.

"어차피 경비로 낼 거니까 괜찮겠지. 윤리 군, 계산할 때 영수증을 꼭 받아둬."

"……."

입구 옆에 있는 벽을 보니 열대어 사진이 들어있는 커다란 패널이 한 면을 차지하고 열대지방의 바다 분위기를 자아내고 있었다.

"그런데 어느 방으로 할래? 아로와나 방? 네온테트라 방? 아니면 구피 방이나 엔젤피시 방……."

"잠깐 스토오오오오오오옵~~~?!"

아니, 실은 들어오기 전부터 눈치챘거든?

입구 앞에 있는 간판에 큼지막하게 적힌 『HOTEL 아쿠아』라는 글자를 본 순간 말이야!

"무슨 소리를 하는 거야……. 이렇게 많은 종류의 열대어가 모여 있는 장소가 왜 수족관이 아니라는 건지부터 설명해줬으면 좋겠어."

더구나 사진이 붙은 패널을 누르면 그 사진 속 열대어의 수조가 있는 방 열쇠가 나오는 시스템인 것 같았다. 잘은 모르겠지만 말이야!

"선배, 1권부터 라이트노벨에서 있을 수 없는 클라이맥스를 펼칠 생각이에요?!"

여기가 히로인과 처음 만나는 장소라니, 여자애가 출장 영업 히로인이기라도 한 거냐고…….

"하지만 하렘 러브코미디는 언제 에로 신이 시작되어도 이상하지 않은, 그야말로 덮치든가 덮쳐지든가 하는 장르니까 딱히 문제될 건 없지 않아?"

"문제가 차고 넘친다고요!"

이 아이디어는 무조건 폐기다.

※ ※ ※

결국 이 장소에서 무슨 일이 있었는지는 굳이 밝히지 않겠지만(아니, 내레이션 내용에 변화를 주고 싶었을 뿐 실제

로는 아무 일도 없었다고!), 그 후, 우리는 장소를 바꿔가며 시내 곳곳을 걸어 다니면서 수많은 이야기를 나눴다.

예를 들어, 오후 두시 경에 갔던 역 앞 상점가 아케이드─.

"우와, 여긴 뭐예요?"

"내가 초등학교에 들어가기 전부터 있었던 가게야."

"……이런 악취미한 가게가 잘도 10년 넘게 안 망하고 있네요."

우리는 역에서 가장 멀리 떨어진, 상점가 구석에 있는 잡화점 앞에서 걸음을 멈췄다.

약간, 아니, 꽤 낡은 목조 가옥과 제대로 달려 있지 않은 유리창.

가게 선반에는 전통 종이 세공품이나 만화경 같은 일본식 선물들이 놓여 있었다.

……그러고 보니 장식된 물품 중엔 풍속화가 그려진 티셔츠나 닌자 용품 같은 것들도 있었다.

……그 뿐만 아니라 가게 안쪽에 있는 계산대 앞에는 캡슐 장난감 경품이나 트레이딩 카드 게임 같은 오타쿠 용품도 진열되어 있었다.

"대체 어떤 사람이 이런 가게에 오는 거예요?"

"가끔 외국인 관광객이 이 가게에 있는 걸 본 적 있어. 뭐, 관광객이 몰려들 만한 마을은 아니지만 말이야."

확실히 와고 시는 인구수가 상당한 편이지만 딱히 눈길이 가는 관광자원이 없고, 거대 기업이 들어서지도 않은, 비교적 최근에 만들어진 주택가다.

그래서 이곳은 아무리 봐도 이 마을과 지독하게 상성이 나쁜, 그야말로 언밸런스한 가게다.

……아니, 잠깐만 있어봐.

거꾸로 생각하면 그런 곳에 이렇게 역사가 느껴지는, 그것도 인기가 없을 것 같은 가게가 존재한다는 것 자체는 꽤 재미있는 일일지도 모른다.

그렇다. 예를 들어 미스터리 마니아인 이 가게의 주인이 가끔씩 찾아오는 외국인 관광객이나 오타쿠 손님들이 가지고 온 물건을 통해, 그 역사와 손님이 안고 있는 고민이나 사건을 밝혀내는 안락의자 탐정 같은 스토리가…….

"……비슷한 설정의 미꾸라지 같은 작품이 요즘 몇 개나 있더라?"

그렇다. 이래서야 비블…… 그 작품을 적당히 베껴 쓴 거나 다름없다.

이제 와서는 신선미가 없을 뿐만 아니라, 학원 하렘물과는 취지가, 아니, 장르 자체가 다르다.

으음, 역시 여기서도 괜찮은 아이디어가 나올 것 같는…….

"그래……. 이런 건 어떨까?"

"우타하 선배?"

내가 아이디어의 한계를 느끼며 한숨을 내쉰 순간, 함께 가게 안을 둘러보던 우타하 선배가 좋은 생각이 난 것처럼 중얼거렸다.

그녀의 눈은 영감을 얻은 것처럼 강렬한 빛을 발하고 있었다.

이거, 어쩌면…….

"여기 있는 건 외국인들이나 살 법한 여행 선물과 오타쿠 상품이잖아?"

"아이디어가 떠오른 거예요?! 우타하 선배!"

"그럼…… 외국인 오타쿠 히로인을 등장시키는 무대로는 최적이지 않을까?"

"외국인…… 오타쿠?"

……흥분한 내 등골을 타고 차가운 무언가가 흐른 것 같은 느낌이 든 것은 내 착각일까?

"전개적인 측면에서 본다면…… 영국계 혼혈 오타쿠 히로인, 카와무라 스파이더 키라리가 이 가게에 들르면서 이야기가 시작되는 거야."

"아얏! 그럴 줄 알았어!"

그리고 우타하 선배의 이야기가 본격적인 막을 올리더니…….

겨우 1초 만에 암초에 부딪혔다.

"그리고 그 패배자 상류층 아가씨 히로인 카와무라 스파이더 키라리가 주인공 앞에서 한심한 추태를 보이는 게 이 이벤트의 하이라이트……"

"이야기를 시작하자마자 이런 소리를 해서 죄송한데, 그 전개는 없었던 걸로 해주세요!"

"어머, 윤리 군. 이 단계에서 편집자가 그런 부정적인 소리를 하는 건 어리석기 그지없는 짓이야. 브레인스토밍(brain storming)이라는 건 원래 상대의 말을 부정하지 않는 게 룰이라는 걸 모르는 거야?"

"그런 게 문제가 아니라는 것도 선배는 알고 있죠? 그리고 나는 게임 쪽에서도 그 서브 히로인을 반대했다고요!"

"안심해. 그 때 반성했던 것을 살려서 소꿉친구 히로인 카와무라 스파이더 키라리를 메인 히로인으로 승격시켰어."

"그렇게 되면 외국인이고 뭐고 아무것도 아니게 되잖아요! 일본에서 태어나서 자란 토박이잖아요!"

"뭐, 패배자라는 점에는 변함이 없지만 말이야. ……카와무라 스파이더 키라리는 정말 불쌍한 애라니깐…… 후훗, 후후훗."

"알았어요. 혼혈 히로인은 인정해 줄 테니까! 적어도 캐릭터명은 바꿔줘요!"

적어도 미들 네임만큼은 무슨 일이 있어도 바꾸게 하겠다고 나는 결의했다.

※　※　※

예를 들어, 오후 세 시 반경의 보행로—.

"여기는 중학생 시절의 내 통학로야……."

"흐음~ 꽤 괜찮은 길이네요."

역에서 북쪽으로 15분 정도 걸어간 곳에는 폭이 10미터 정도 되는 하천이 길을 따라 흐르고 있었다.

강가의 제방은 콘크리트로 되어 있고, 강 안쪽에도 콘크리트 블록이 놓여 있으며, 곳곳에서 생활 폐수가 흘러들어 오고, 일부러 방류한 듯한 잉어가 헤엄치고 있으며, 거북이가 일광욕을 하고 있는…….

약간 자연스러우면서도 약간 인공적인 강 주변에 자연과 인공물이 적당히 융합한 보행로가 이어져 있었다.

"이번 작품에서는 말이야. 1권에 히로인을 세 명 정도 출연시킬 예정이야."

강을 바라보며 보행로를 걷던 우타하 선배가 불현 듯 신작에 대한 이야기를 시작했다.

"흐음,『사랑에 빠진 메트로놈』에 비하면 엄청 하이페이스네요."

"뭐, 그건 원래 응모용으로 쓴 단편이었거든."

그 작품의 1권(권수가 표시된 것은 2권부터지만)에 등장하는 히로인은 사유카뿐이다.

즉, 처음 그녀가 쓴 『사랑에 빠진 메트로놈』은 나오토와 사유카의 이야기였던 것이다. ……뭐, 앞으로의 내용을 예상할 수 없다는 점 또한 카스미 우타코 작품의 매력이다.

"그래. 이 길을 주인공들의 통학로로 삼아볼까?"

"네 명이 함께 통학하는 거예요?"

"응. 주인공과 여동생, 전학생, 그리고 소꿉친구인 카와무라 스파이더……."

"키라리는 됐다고요."

이 사람은 대체 같은 농담을 몇 번이나 하는 걸까.

"이 길에서 매일같이 러브러브 이벤트나, 사랑의 신경전, 사랑싸움 같은 걸 펼쳐지는 거야."

"그렇군요. 그 말을 들으니 카스미 우타코의 하렘 러브코미디가 더 기대돼요."

"하지만 그런 상황이 말이 되는 걸까? 매일 같이 성희롱이나 다름없는 럭키 색골 이벤트가 일어나는데도, 미소녀 히로인들에게 미움 받지 않는 주인공이 존재한다는 게 말이야."

"……그걸 지적하면 하렘 러브코미디 자체가 성립하지 않을걸요?"

"적어도, 주인공이 그렇게 인기 있는 이유가 있으면 좋겠어……. 아무런 특징도 없는 시원찮은 주인공이 여자들에게 인기 있다는 건 납득이 안 돼."

"시, 시원찮은?"

우타하 선배가 제기한 문제는, 이유는 모르겠지만 내 심장에 얼음송곳처럼 꽂혔다.

"솔직히 말해서, 하렘 상태인 채로 이야기를 전개시킨다는 게 주인공 이전에 인간으로서 문제가 있는 게 아닌가 하는 생각이 들어. 일부일처제 나라인 일본에서 태어난 이상, 파트너는 한 명으로 한정시켜야 하는 게 정상이잖아? ……윤리 군은 어떻게 생각해?"

"내, 내 게임의 주인공은 성실하다고요!"

"하지만 누구에게나 성실한 점이 도리어 독이 되어 히로인에게 상처를 입히잖아. 그런 녀석은 결국 인간쓰레기나 다름없다고 생각해."

"그런 시나리오를 쓴 사람은 바로 선배잖아요!"

그 후에도 우타하 선배와 내 주인공 논쟁은 점점 골치 아픈 방향으로 나아갔다…….

"그, 그럼 선배는 나 엄청 강해~ 타입의 사기 주인공이라면 납득하는 거예요?!"

"하지만 이 작품은 판타지 전기물이 아니잖아. 러브코미디에서 주인공이 강해봤자 대체 뭐와 싸울 건데?"

"도, 도쿄 도청(都廳)이랑요!"

"……그건 관두는 편이 좋지 않을까?"

이윽고 어떤 논의를 하는 것인지 알 수 없는, 단순한 감정론으로 발전했고…….

"그리고 애초에 외모도 평범하고, 남들이 질색할 정도의 중증 오타쿠에, 입만 열었다 하면 짜증나는 소리만 해대는데도 여자들에게 인기 있는 주인공이 존재한다는 걸 납득할 수 없어……!"

"걱정 마요! 그 녀석, 실은 눈곱만큼도 인기 없어요!"

정말, 무슨 소리를 하는 걸까…….

※　※　※

그리고 예를 들어, 오후 여섯 시의 뒷산 꼭대기―.

"우와."

"경치 꽤 괜찮지? ……날씨가 좋을 때는 여기서 해가 질 때까지 책을 읽었어."

확실히 나쁘지 않았다.

여기까지 올라오느라 고생했던 것도, 눈앞에 펼쳐진 경치도, 이곳에 부는 잔잔한 바람도.

저녁노을이 드리워진 와고 시를 내려다 볼 수 있는 이 장소는 아이들의 비밀기지로서 충분한 위용을 자랑하지만, 마을의 명물로 삼기에는 미묘한 레벨이었다.

"그런데 우타하 선배. 여기는 어떤 장면에서 쓸 예정이에요?"

"으음~ 아직 깊게 생각하지는 않았지만, 아마 히로인과 헤어지는 장면에서 쓸 거야."

"그거, 대체 몇 권에서 나올 이야기인 거예요……"

이 사람, 지금부터 자기 작품이 인기를 못 끌어서 조기 완결될 때에 대비한 구상을 짜고 있어.

"세상일은 모르는 거잖아? 어쩌면 2권에서 끝내게 될지도 모르는 거니까 말이야."

"지금 편집부에서 선배를 밀어주는 거만 봐도 그렇게 될 리가 없다는 건 알 수 있잖아요. 우타하 선배가 끝내고 싶다고 할 때까지 계속 쓰게 해줄걸요?"

"공교롭게도 그렇게 떠받들어지는 데에는 익숙하지 않거든……. 아직 데뷔한지 1년밖에 안 된 신인이잖아."

"신인 작가라면 신인 작가답게 담당 편집자에게 순종적이었으면 좋겠다는 게 마치다 씨의 유언……이 아니라 전언이에요."

"어머. 지금 저쪽에서 발매일이 한 달 정도 밀리는 소리가 들렸어."

이런 식으로, 우리는 브레인스토밍과는 정반대되는 회의

를 하고 있었다.

일부러 작품의 무대를, 작가의 고향을 단 둘이서 돌아다니고 있는데도, 결국 한 거라고는 단순한 데이…… 잡담이다.

그렇다. 이 점은 1년 전, 신출내기 작가와 짜증나는 팬이었던 시절부터 하나도 변하지 않았다.

"저기, 선배."

"왜?"

"내 아이디어지만…… 말해도 돼요?"

"지금까지 네 의견을 무시한 적은 없어……. 어디까지나 내 선에서는 말이야."

"……우선 이 장소를 주인공의 집 바로 뒤편으로 설정하는 거예요."

선배의 『나만이 알아들을 수 있는 푸념』을 필사적으로 흘려 넘기고 말을 이었다.

"그리고 주인공은 매일 밤 자기 전에 이 장소에서 야경을 보는 걸 습관으로 삼는 거죠."

"마을을 내려다보면서 기타라도 치는 거야?"

"……그건 관둬요."

아무리 그래도 그건 좀 그랬다. 게다가 선배는 기타와 그렇게 상성이 좋을 것 같지 않았다.

뭐, 어디까지나 내 짐작이다. 그래도 왠지 미래가 상상이 되는 것 같다고나 할까…….

"매권 에필로그에서 주인공과 각권의 히로인이 여기서 단 둘이 있게 하는 거예요."

"……매권마다 야외 플레이를 넣으라는 거야? 바리에이션을 생각하는 게 쉽지 않겠네."

"선배가 쓰는 건 라이트노벨! 건전한 작품이라고요! 그리고 나는 윤리 군이거든요?!"

관광지도, 하이킹 코스도 아닌 조그마한 산에는 우리 말고 아무도 없었다.

게다가 대화 상대는 입만 열었다 하면 야한 농담을 늘어놓는 암흑 선배다.

"그게 아니라, 단 둘이서 이번 권에서 있었던 일들을 떠올리는 거예요. 그리고 히로인과 화해하거나, 플래그를 세우거나, 새로운 불씨가 생겨나는 거죠."

까딱 잘못하면 클라이맥스로 직행할 수 있는 상황에서, 나는 가슴이 뛰고, 옥죄어들며, 또한 안타깝기도 한 꿈을 이야기했다.

"왠지 옛날 홈드라마 같네."

"우타하 선배는 옛날 드라마를 싫어해요?"

"싫어하고 좋아하고를 떠나, 그런 걸 잘 몰라."

"거짓말."

그렇다. 나는 그 말이 거짓이라는 사실을 알고 있다.

어쩌면 나만이 알고 있을지도 모른다.

어릴 적에는 항상 혼자였으며, 책과 텔레비전만이 그녀의 친구였다든가.

부활동도 하지 않고 집에 돌아가, 드라마나 시대극 재방송만 봤다든가.

그리고 한 번 봤던 작품의 내용은, 지금도 계속 기억하고 있다든가.

"……윤리 군 주제에 그런 별 것 아닌 것들은 잊지 않는다니깐."

"나는 선배의 신자잖아요."

1년 전 작가가 졸린 눈으로 이야기해준 프로필을, 열광적인 팬은 지금도 기억하고 있다.

"이제 가보고 싶은 곳은 얼추 다 돌아봤죠?"

"응. 시간도 꽤 늦었네."

어느새 해가 지고, 주위가 옅은 어둠에 둘러싸이자…….

방금 전까지 저녁노을 빛으로 물들어 있던 와고 시는 어느새 가로등 불빛에 휩싸인 와고 시로 변해 있었다.

"그럼 로케이션 지역 탐방은 이쯤에서 끝낼게요. 이제 밥이라도 먹으면서 1권 플롯이나 짜볼까요?"

"……괜찮겠어?"

"저녁 식사비용 정도는 남아 있어요. 뭐, 프랑스 코스요리 같은 건 무리겠지만요."

"그게 아니라…… 플롯 말이야."

"……그게 내가 오늘 맡은 일이니까요."

결국 발을 들이고 말았다…….

훔쳐볼까봐 불안하고, 접하는 게 황송하며, 영향을 주는 게 두려워서.

"정말, 괜찮아? 작품의 결말까지 이야기할지도 모르는데?"

과거에 도망치고 말았던, 카스미 우타코가 만든 이야기의 어둠에.

"사실은 듣고 싶지 않아요. 지금은."

내가 정말 알고 싶지만, 그와 동시에 절대 알고 싶어 하지 않는 것.

그것은 바로 카스미 우타코의 아이디어, 플롯, 초벌 원고다.

"하지만 우타하 선배가 쓴 골격^{플롯}도 매력적이겠지만, 살이^{본문이} 붙으면^{되면} 더 매력적일 거예요."

최고의 작가가 쓴 작품의, 최고의 부분만 접하고 싶다.

그것이 나의, 우타하 선배가 아니라 카스미 우타코에 대한 유일한, 그리고 최대의 어리광이지만…….

"그럼 역시 여자애도 살점이 좀 있는 애가 좋은 거야? 슬렌더라고 하면 듣기는 좋지만, 결국 뼈밖에 없는 사와무…… 여자애에게는 가치가 없다는 거지?"

"아니, 그런 뜻에서 한 말이 아니라고요!"

하지만, 이제는 발을 들일 수밖에 없다.

내가 상상한 최강의 게임을 완성하기 위해.

후시카와 쇼텐에, 마치다 씨에게 진 빚을 갚기 위해.

그리고…….

※　※　※

『하지만 저는…… 카스미 우타코의 신작에 대한 책임을 질 자신이 없어요.』

『뭐, 나와 TAKI 군 외에는 누구도 할 수 없을 거야.』

『아니, 그러니까 마치다 씨는 저를 과대평가하고 있는 거라고요.』

『나보다 더 「사랑에 빠진 메트로놈」을 팔아치운 사람이 할 말은 아닌 것 같은데?』

『저는 단순한 팬이라고요.』

『그 입장, 그대로 계속 강경하게 고수했다간, 어디 사는 누구 씨가 폭발하고 말지도 몰라.』

『하지만 저는, 카스미 우타코의 작품을 가장 먼저 읽고 싶지만, 작품의 제작에는 가장 관여하고 싶지 않다고나 할까…….』

『자신이 만드는 게임의 시나리오를 쓰게 해놓고?』

『그렇기 때문에 서프라이즈가 필요하다고요. 「사랑에 빠진 메트로놈」의 라스트 같은 거 말이에요.』

『그건…… 하지만…….』

『소설 쪽은 제 적당주의에 물들지 않았으면 좋겠다고나할까, 순수하게 카스미 우타코의 세계에 빠져들고 싶다고나할까…….』

『그건 자기 손으로 자●하는 것보다, 시~ 양이 손으로 네거기를 조물딱조물딱해주는 게 더 좋겠다는 소리…….』

『이야기 상대가 미성년자라는 걸 감안해달라고요!』

담당 편집자도, 작가도, 왜 툭하면 이런 쪽 이야기로 몰고가려고 하는 걸까.

이 사람들, 정말 좋은 콤비라니깐…….

※　※　※

그리고 예를 들어…….

반 년 전까지는 우리의 거점이었던 햄버거 가게의, 역 앞공원을 둘러볼 수 있는 창가 자리—

"어머, 시간이 벌써 이렇게 되었네."

"윽, 진짜네요."

……그리고 현재 시간은 오후 열 시.

먹다 만 햄버거는 식을 대로 식었고, 커피 안의 얼음도 다 녹았으며, 주위에는 손님이 없었다.

도시와 시골의 중간 지점 같은 이곳의 활기는 급격하게 잦아들고 있었다.

"슬슬 돌아가지 않으면 자정이 넘어서야 집에 도착할 것 같네."

"미안해요. 집까지 바래다 드릴게요."

"괜찮아. 내가 연상이잖아."

"하지만……."

"그럼 부모님에게 혼난다면 윤리 군의 이름과 전화번호를 밝힐게. 연락이 오면 적당히 둘러줄래?"

"안 둘러대고 진실을 말할 거예요! 아니, 그냥 바래다줄게요! 그 편이 안전할 거 같아요!"

나에 대한 평판이 말이다.

"그건 그렇고 오늘 정말 지쳤어……."

"정신적으로 말이에요……."

그렇다. 오늘 하루 동안 우리는…… 특히 밤이 된 후부터는 그야말로 사력을 다했다. 진지했고, 또한 건전했다.

평소처럼 야한 농담을 섞은 잡담으로 분위기를 흐트러뜨리지도 않았고, 우타하 선배 또한 도발적이면서 위험한 분위기를 자아내지도 않았다.

그저 순수하게 작가와 편집자로서, 카스미 우타코의 신작을 어떻게 재미있게, 즐겁게, 묘하게, 가슴 뛰게, 가슴 졸이게, 그리고 팔리게 만들 건지에 대한 엄청 진지한 작전 회의를 했을 뿐이다.

때로는 격론을 펼치고, 때로는 폭주하고, 때로는 할 말을 잃고, 때로는 머리를 감싸 쥐었다.

재미있는 소재가 떠올랐을 때는 미소를 짓고, 의견이 갈리면 고함을 질러댔고, 몇 번이나 몇 번이나 스토리를 다른 시점에서 검증하고, 소재가 떠오르면 노트에 적어댔다.

"자, 그럼 마지막으로……"

그리고 드디어 작품 안의 세계에서 현실로 돌아와, 야한 농담과 음험함을 되찾은 우타하 선배는…….

"다시 보니, 내가 태어난 마을…… 그리고 신작의 무대는 어땠어?"

돌아갈 준비를 하면서 농담인지 진담인지 알 수 없는 질문을 던졌다.

좀 전의 진지한 표정도, 평소의 장난기 가득 찬 표정도 아닌 순수한, 카스미가오카 우타하의 표정으로 말이다.

"으음……."

그래서 나는 바로 대답하지 못했다.

"뭐랄까…… 약간 그리운 시골 느낌이 들었다고나 할까요……"

내가 이곳에 성지순례를 온 횟수도 이제 두 자리 수가 되려 하고 있다.

하지만 오늘은 예전에 가본 적 없는 장소에 갔다.

"그렇다고 촌구석 같다는 건 아니에요. 역 앞은 꽤 번화하잖아요. ……하지만, 마을에서 벗어나니 좀 그런 느낌이 들었어요."

우타하 선배가 어린 시절을 보낸 장소에도 가봤다.

그래서 오늘 본 곳들은 하나하나 도저히 잊을 수 없을 만큼 인상적이었다.

"아, 그래도 뒷산에서 본 경치는…… 꽤 좋았어요."

"장점을 찾기가 힘든 동네지?"

"아, 그게…… 미안해요."

그런데도…….

나는 흔한 초등학생 수준의 감상을 겨우 말했다.

"사과할 필요 없어. 왠지 그럴 것 같았거든."

"그래, 요?"

"응. 당연하잖아. 어중간한 마을이니까 말이야."

"어중간하다니……. 여기는 선배의 고향이잖아요."

"하지만 여기서 살았던 나조차도 가슴을 펴고 자랑할 만한 명물이나, 관광지 같은 건 없어."

하지만 역시 작가는 달랐다.

"주택은 꽤 있고, 주민도 꽤 있지만, 산업이 발전하진 않앉아. 대부분의 사람들은 도심에서 일하지. 즉, 수도권까지 전철로 바로 갈 수 있는 주거형 도시에 불과한 마을이야."

청산유수처럼. 풍부한 어휘를 사용해가며 이 마을을 적절하게 표현했다.

"지금까지 애니메이션이나 소설에서 나왔던, 성지순례가 이벤트화된 마을과 비교해도 정말 수수해."

……하지만 그 내용은 지극히 미묘했다.

"으음, 후시카와 쇼텐은 이 마을과 대대적으로 협업한다고 하던데요~."

"분명 실패할걸? 설령 작품이 히트한다고 해도 말이야."

"우와……."

작가가 기획이 시작되기도 전에 실패할 거라는 소리를 하고 있잖아. 이래도 되는 거냐, 와고 시…….

이래서야 오타쿠 성지순례객들이 몰려오는 마을이 될 수 있을 런지…….

"……뭐, 그래서 이 마을을 작품의 무대로 삼은 거야."

하지만 그 말에는 우타하 선배 나름의 애정이 가득 들어 있는 것 같았다.

"자신의 경험을 살릴 수 있어서가 아니라요……?"

"물론 그것도 이유 중 하나야."

머리카락을 만지작거리며 와고 시를 깎아내리고 있는 우타하 선배는 왠지 재미 삼아 이 마을을 놀리고 있는 것 같았다.

"하지만 가장 큰 이유는 이 마을은 특별한 구석이 없다는 거야."

"그 말은……"

평소에 나를 놀리듯이 말이다.

"솔직히 말해 내 작품은 딱히 특별한 구석이 없는 이야기잖아?"

"작가가 자기 작품을 그렇게 평가해도 돼요……?"

"판타지 요소도, SF 요소도, 사건도, 사고도 없어. 딱히 유별난 구석이 없는 러브스토리에, 딱히 특별한 구석이 없는 학원 하렘물."

"후자는 장르 자체부터가 특별한 것 같은데……"

"……그렇기 때문에 이 특별한 구석이 없는 마을이 어울리는 거야."

아, 무시했다.

"흔한 생활환경과 변함없는 인간관계에 불만을 가지고 있지만, 할 수 있는 게 아무 것도 없는 겁쟁이 여자애가 있어."

하지만 카스미 우타하는 그런 사소한 견해 차이를 무시하며 이야기를 계속했다.

"내일은 오늘보다 조금이나마 나은 날이 되기를 바라지만, 결국 같은 하루하루를 반복했고, 어느새 그 향상심조

차 잊은 채 현실에 익숙해지고 만 남자애가 있어."

그래서 단순히 열광적인 독자는 그녀가 자아내는 이야기의 격류에 휩쓸렸다.

"그런 특별한 구석이 없는 마을에 있는, 특별한 구석이 없는 여자애도 사랑을 해. 특별한 구석이 없는 남자애도 언젠가는 변해."

그저 속아 넘어가고 있는 것뿐일지도 모르지만, 나는 속기를 원하고 있었다.

"……그런, 정말 평범한 이야기를 쓰고 싶다고 생각했어."

그래서 평소와 마찬가지로, 카스미 우타코 마법에 농락당했다.

"우타하 선배는……."

"응?"

"이 마을에서, 사랑, 을 했어요?"

……하지만 그저 농락당하는 것만은 싫었기에, 나는 반격을 도모했다.

"『사랑에 빠진 메트로놈』의 사유카나 마유이처럼? 이번 신작의 히로인들처럼?"

꽤나 위험한 부메랑이라는 것을 알면서도, 발을 들일 수밖에 없었다.

왜냐하면, 그렇게라도 하지 않으면…….

"응, 했어……."

"아……."

"상대는 언젠가 만나게 될, 연 수입이 수억 엔이나 되고 도쿄에 있는 고급 맨션에서 사는 미남 청년 실업가야……. 헤어진 후에도 매년 수천 만 엔의 위자료를 얻게 될 때까지 두 사람의 사랑은 계속되겠지."

"로맨틱한 이야기가 단숨에 현실미 넘치는 역겨운 이야기로 바뀌었다고요! 선배, 꿈이 너무 없는 거 아니에요?!"

봤지? 그래야 선배의 이야기가 더 폭주하기 전에 끝낼 수 있거든.

……응. 끝나서 정말 다행이야.

"애초에 그런 짓 할 시간이 있으면 잠이나 자겠어. 평소에도 집필과 공부 때문에 두 시간 밖에 못 잔단 말이야……."

"와아~ 왠지 자랑처럼 들려요~. 멋져요~."

"그런 설정으로 등장인물을 몰아붙이는 걸 좋아하는 작가도 있지만, 그건 정말 하수 중의 하수야."

뭐, 아무튼…….

오늘, 두 시간 수면은 고사하고 밤샘 후 하루 종일 마을 안을 돌아다니면서 많은 이야기를 한 우타하 선배는.

마지막의 마지막에서야, 평소의 졸린 듯한 표정을 되찾았다.

※　※　※

"선배."

"……"

내 오른쪽 어깨에 무게가 실렸고, 검은 머리카락이 내 눈앞에서 찰랑찰랑…….

"우타하 선배."

"……으응?"

나는 좀 전부터 내 어깨에 기댄 채 깊은 수면을 취하고 있던 그녀에게 몇 시간 만에 말을 걸었다.

"이제 그만 일어나요……."

"으응……. 아, 벌써 도착했어?"

"……아뇨. 아직 와고 시예요."

"……뭐?"

하지만 이곳은 전철 안이 아니라, 전철역의 플랫폼이다.

그것도 도착역이 아닌 와고 시의 전철역…….

"으음, 전철 기다리는 사이에 나까지 졸아버렸어요."

"……흐음."

"그리고 안 좋은 소식이지만, 막차를 놓친 것 같아요."

"……흐으음."

……현재 시간은 오전 0시 반.

실은 나도 방금 전에 깨어났다.

"선배, 이제 어떻게 하죠?"

"글쎄. 일단 첫차 출발 시간까지 어디서 시간을 보내야겠네. ……수족관이라도 갈래?"

"절대 안 가요!"

결국 그 후, 우리는 24시간 영업하는 패밀리 레스토랑에서 첫차 출발 시간까지 자리를 차지하고 있었답니다.

(최초 수록 : 드래곤매거진 2013년 11월호)

제 **4.5** 화

오타쿠가 아닌
그녀를
물들이는 방법

Saenai heroine no sodate-kata FD

오타쿠와 오타쿠가 아닌 사람 사이에는 결코 넘을 수 없는 벽이 존재한다.

　사람의 취미는 천차만별이다. 하지만 그럼에도 사람은 자신의 지표로 타인을 판단한다.

　그리고 자신의 지표에 맞춰 봐도 이해할 수 없는 취미와 사고방식을 가진 이들을 차별 혹은 박해하는 것이다.

　그것은 차별당하는 쪽만이 아니라, 차별하는 쪽에 있어서도 불행한 일이다.

　왜냐하면 사회적 동물인 인간은 타인과 접하지 않고서는 살아갈 수 없기 때문이다.

　그렇기에 주위에 대해 부정적인 감정을 안으며 적대시하는 것은, 인생을 행복하게 살려고 하는데 있어서 마이너스 밖에 되지 않는다.

　그렇다. 인간은 인간을 사랑하고, 인간에게 마음을 열며, 이윽고 상처 입은 끝에 틈새바람을 알게 되는 것이다. 뭐, 잘은 모르겠지만 말이다.

　아무튼 이것은 오타쿠와 오타쿠가 아닌 사람이 함께 그 벽을 넘는 이야기다.

차별과, 융합과, 박해와, 권유가 뒤섞인 줄다리기 승부.

이것을 『A○필드 소실』이나 『월(wall) 미치루 함락』 같은 메이저한 오타쿠 표현으로 포장하면 박해 가능성은 낮아질 것이다.

음, 역시 메이저가 되지 않으면 의미가 없는 것 같네(차별).

※　※　※

10월 말의 주말. 가을 느낌이 물씬 나는 한낮.

"저기, 토모. 좀 상의할 게 있는 데 말이야."

"그게 뭔데? 아, 고기는 안 줄 거야, 미치루."

그리고 장소는 오타쿠 거리, 즉 아키하바라 바로 옆에 있는 악기 거리, 즉 오차노미즈 역 앞의 카운터석만 있는 조그마한 돼지고기 덮밥집.

이 전형적인 남자들의 성지에 눈치 없게 나란히 앉아 있는 두 남녀.

"너, 나를 어떤 애라고 생각하는 거야?"

"같이 밥 먹을 때마다 내 반찬을 강탈하려고 드는 욕심 많은 식욕마인, 이러나?"

"무, 무슨 소리 하는 거야?! 여자애한테 그런 소리 하는 건 너무하지 않아?"

"그런 소리 할 거면 내 덮밥 그릇에 찔러 넣은 그 젓가락부터 빼고 해!"

"기타 쳐서 배고프단 말이야! 토모도 밴드 활동을 해보면 내 마음을 이해할 거야! 그러니까 잘 먹겠습니다~♪"

"안~돼~ 내 고기 돌려줘~, 밋짱~!"

……맑고 화창한 가을의 어느 날 점심, 식욕의 가을과 예술의 가을을 절묘하게 거론하며 경쾌한 토크(자기신고제) 중인 두 사람 중 한 명은 나…… 아키 토모야.

세간에서는 카스트제도 밑바닥인 중증 오타쿠로 취급되며, 차별과 박해를 받으면서도 자신의 취미와 권리를 목 놓아 주장하고 있는 프로 오타쿠.

한편 친척들 사이에서는 『도련님들이나 다니는 사립고에 다니는 공부 잘하는 도시 아이』, 즉 카스트 제도 최상위인 엘리트 고교생으로 취급되고 있는 탓에 여러모로 곤란할 때가 있다.

그것보다

"으언오아, 오오아 아이아고 이으 꺼 어잉 인아깐 어아우." 토모와 상의하고 싶은 건 훨씬 심각한 고민이라구

그리고 내 돼지고기 덮밥 곱빼기에서 강탈한 대량의 고기를 입안에 넣은 채 말하고 있는, 여자애가 이런 짓을 해도 되는가 싶은 이 아이의 이름은 효도 미치루.

근처 현에 있는 현립 여고에 다니는, 나와 동갑인 사촌.

나와 거의 차이나지 않는, 여자치고는 큰 키.

탄력과 부드러움을 동시에 갖춘, 탄탄한 몸.

약간 독특한 단발머리와 눈매를 지닌, 보이시한 느낌의 용모.

그리고 교내에서 절대적인 인기를 자랑하는, 스쿨 카스트 제도 최상위의 리얼충 여자(다시 한 번 말하지만, 이 녀석이 다니는 학교는 여고다).

게다가 친척들 사이에서는『뭐든 쉽게 질리고 매사에 대충인 불량 아가씨』라서, 나와는 정반대되는 이유로 곤란해하고…… 있는 건 일단 제쳐두겠다. 아무튼 하루하루를 어영부영 사는 불량 아가씨다.

그런 미치루가 이달 초 부모와 싸운 후 우리 집에 굴러들어왔다.

그리고 나는 한 지붕 밑에서 며칠 동안 살면서, 우여곡절을 겪은 끝에, 드디어 이 여자 사촌을 꼬시는데 성공한 것이다……

"실은 말이야……. 그게, 안 와."

"그게 뭔데?! 그게 뭐냐고!"

"그러니까 영감이 오지 않는다구. 새로운 곡의 이미지가 떠오르지 않는다는 거야."

"그런 특수한 단어에 의미심장한 지시어 쓰지 마! 집작가는 데가 없는데도 심장이 멎을 뻔 했단 말이야!"

……으음, 이 자리를 빌려 다시 한 번 설명하자면, 게임 제작 서클『blessing software』를 만든 나는 겨울 코믹마

켓에 최강의 동인 미소녀게임을 내놓기 위해 밤낮없이 서클 활동에 매진하고 있다.

내 서클은 최강의 일러스트레이터와^{사와무라 에리리} 시나리오라이터를^{카스미가오카 우타하} 보유하고 있다. 그래서 게임의 근간을 이루는 부분의 완성도는 지적할 곳이 없을 만큼 뛰어나지만, 스토리와 일러스트를 꾸며줄 음악 부분에 약점이 있었다. ……아니, 음악을 만들 사람이 없었다.

그 때 내 앞에 나타난, 기타와 작곡에 소질을 지닌 미치루는 나에게 있어 운명의 상대…… 아니, 운명의 음악 담당이었다.

즉, 『꼬셨다』는 말은 서클 멤버로 꼬셨다는 뜻이다. 그 외의 다른 뜻은 전혀 없다는 사실을 이 자리를 빌려 밝혀두겠다.

"그런 이유로, 서클 미팅이 내일인데도 아직 한 곡도 쓰지 못했다는 걸 미리 말해둘게."

"……그런 소리를 여기 와서 하면 곤란하다고. 내일 미팅은 음악 쪽이 메인이란 말이야."

"이야~ 이럴 줄 알았으면 미팅을 연기할걸 그랬어~. 그런데 그걸 방금 깨달았지 뭐야."

"너, 상의할 게 심각한 고민이라는 건 뻥이지? 그렇지?"

"뭐, 화내지 마. 그래. 네가 이렇게 날카로운 건 배가 고파서야. 자, 상냥하기 그지없는 미치루 누님이 밥을 나눠줄게~."

"고기를 빼앗아 가고 흰밥만 주는 거냐……. 그보다 멋대로 넣지 마."

"뭐~ 우리 사이에 빼지 말라구~."

좀 전에도 말했지만, 여기는 카운터석밖에 없는 돼지고기 덮밥집이다.

남자들밖에 없는 좁은 공간에서, 같은 돼지고기 덮밥을 시켜놓고 일부러 서로에서 나눠주고 있는 우리의 모습은 남자 손님들이 보기에는 엄청 짜증나는 커플처럼 보일 것이다.

그 증거로, 가게 안의 분위기는 좋지 않았다. 옆자리에 앉은 남자의 팔꿈치가 내 옆구리를 인정사정없이 찌르고 있다고!

하지만 다들 믿어줘. 이건 내 탓이 아냐. 이 녀석은 내 사촌일 뿐이라고.

하지만 어릴 적부터 알고 지낸 데다, 여고라는 무균실에서 방목되어 자란 탓에 나에 대한 언동이 무방비한 것뿐이야.

이대로 뒀다간 이 녀석, 언젠가 나쁜 남자에게 속아서 "이거 군침 돌 정도로 맛있어 보이는 여자군." 같은 칭찬(?)을 듣는 미래로 직행할 것 같은 느낌이 드는데 정말 괜찮을까? 뭐, 미인이라는 건 사실이지만 말이야.

"그것보다, 심각한 고민이란 건 뭐야?"

"실은…… 요즘 밴드 멤버들과 잘 지내지 못해."

"싸우기라도 한 거야?"

"딱히 그런 건 아닌데……."

미치루는 우리 서클의 음악을 담당하기 전부터, 학교 동급생들과 결성한 『icy tail』이라는 걸즈 밴드에서 보컬을 맡고 있다.

1년 전부터 활동을 시작해 지난달에 열린 문화제에서 교내의 화제를 모은 후, 드디어 인디 데뷔를 목전에 뒀다는 소문까지 났던 기대되는 신인 록밴드다.

그렇다. 얼마 전까지는 말이다…….

"그냥, 요즘은 넷이서 같이 이야기를 나눠도 섞이지 못하는 것 같다고나 할까, 이야기에 어울리지 못하는 순간이 있다고나 할까……."

"으음, 그건……."

"응……. 애들이 오타쿠라는 걸 커밍아웃한 다음부터 그래."

"아……."

얼마 전, 『icy tail』의 첫 라이브 날, 그녀들의 음악성에 결정적인 전환기가 찾아왔다.

미치루 이외의 밴드 멤버 전원이 "나와 같은 과^{오타쿠}"라는 사실이 밝혀진 것이다.

그 날 이후, 『icy tail』은 『화끈한 락밴드』에서 『실력파 애니메이션 송 밴드』로 극적인 변신을…… 아니, 내용물은 바꾸지 않았다고도 할 수 있지만, 적어도 간판만은 변신했다.

"전에는 아티스트에 관한 이야기를 했었는데, 요즘은 성우 이야기만 하고……."

"요, 요즘은 성우도 연말 인기 음악 방송에 나오는 시대잖아."

"게다가 방송에 관한 이야기를 할 때면 카오트다운TV나 드라마에 대해서 이야기했는데, 지금은 심야 애니메이션 이야기만 해대."

"그, 그야 카운트다OTV 같은 음악 순위 프로그램에도 요즘은 성우가 나오잖아. 그리고 그건 3D애니메이션이라고. 게다가 요즘은 라이트노벨 원작 드라마도 있잖아."

"게다가, 예전에는 방과 후에 음반 매장에 들렀었는데, 요즘은 오타쿠 상품 매장에 가게 됐어……."

"요즘은 별반 차이가 안 난다고. 진짜로 말이야."

"그렇구나. 내가 눈치채지 못했던 거야……. 지금까지 자신이 살았던 장소가 이렇게까지 오타쿠 문화에 오염되어 있다는 것에 말이야."

"오, 오염이라니……."

"그런데 나만 아무 것도 몰랐어. 알지 못하는 사이에 뒤떨어지고 만 것 같은 느낌이야."

"미치루……."

"나, 정말 이대로 있어도 괜찮은 걸까? 다른 애들에게 버림받지 않을까?"

지금은 어엿한 애니메이션 송 밴드의 일원이지만…….

며칠 전까지 오타쿠 문화에 대해 전혀 몰랐던 무지몽매녀…… 아니, 미치루에게 있어, 오타쿠 범벅인 지금 상황이 매우 믿겨지지 않을 것이다.

밴드 멤버들도 나쁜 애들은 아니지만, 그래도 미치루는 오타쿠에 대해 잘 모르니 좀 신경써줘도 될 텐데 말이야.

……뭐, 그녀들조차 질색하게 만들 정도의 중증 오타쿠인 나는 이런 말을 할 자격이 없겠지.

"아무튼, 토모. 본론에 들어가자면……."

"처음에 말했던 상의 말이야?"

"부탁이야……. 나, 이제 한계야!"

"……나, 나보고 뭘 어떻게 하라는 거야?"

미치루의 눈동자는 촉촉이 젖어 있었다.

젓가락을 쥐고 있던 그녀의 손은 어느새 내 손을 감싸 쥐고 있었다.

그리고 그녀는 한층 더 큰 목소리로 나에게 애원했다.

"나를, 네 색깔로 물들여줘!"

"……괜찮겠어?"

그것은 내가 선언했던, 그리고 미치루가 기절했던 일이다.

"그런 이야기를 들을 때마다, 몸이 반응하는 여자로 만들어줘!"

"이번에야말로, 정말, 너를 그쪽으로 눈뜨게 만들어도 되는 거지?"

"응....... 나한테 기쁨을 가르쳐줘."

이 녀석을...... 카토보다도 오타쿠 토크에 어두운 리얼충 여자를, 수박 겉핥기 정도가 아니라 진정한 오타쿠로 물들이는, 최고 난이도의 포교 활동.

"알았어....... 하나부터 열까지 철저하게 가르쳐줄게."

"고, 고마워. 토모."

지금까지는 내 열의가 쳇바퀴 돌 듯 헛되이 소모되었다.

하지만 드디어 그녀는 내 열의를 받아들일 준비가 되었다....... 아니, 주위 상황 때문에 받아들일 수밖에 없게 되었다는 것이 사실일지도 모르지만, 아무튼 미치루 쪽에서 오타쿠가 되겠다는 결의를 했다.

그렇기에 나는 온힘을 다해 그녀의 결의에 답할 것이다.

"하지만 각오해. 이제 용서해달라고 울부짖어도 절대 도중에 관두지 않을 거야."

나는 미치루의 손을 맞잡으면서 그녀에게 뜨거운 시선을 보냈다.

"괜찮아....... 나, 토모와 함께라면 뭐든 해낼 수 있어!"

이때가 바로 새로운 오타쿠 사제지간이 탄생한 기념비적인 순간이었다.

......남자들이 좋아할 만한 뜨거운 전개인데, 주위 손님들

의 질릴 대로 질린 듯한 표정들은 대체 뭐지?

※ ※ ※

오차노미즈 역에서 한 정거장 정도 떨어진 곳. 한 정거장 정도의 거리를 전철로 이동하는 것도 조금 그래서 내리막길을 10분 정도 걸어간 우리가 도착한 곳은 내 홈그라운드.

오전 동안 『기타를 보러 다니고 싶다』는 미치루의 의견에 따라 오차노미즈를 돌아다니고, 오후에는 내…… 아니, 결국 미치루의 의견으로 아키하바라에 도착했다.

하지만 평소 내 배회 순서와는 미묘하게 달랐다. 오늘은 가전제품 상가 방면이 아니라 중앙 입구 방면에서 시작한 것이다.

"자아, 미치루…… 여기가 요○바시 카메라 아키하바라 점이야!"

"아니, 여기는 알아. 몇 번 와본 적도 있다구……."

이곳이 생기면서 『마을을 돌아다닌다』는 가전제품 상가의 콘셉트가 『가게를 돌아다니는』 것으로 바뀌었다. 그에 따라 아키하바라의 존재가치 또한 완결되고 말았다. ……요도바○ 카메라 아키하바라 점은 그렇게 죄가 깊은 가게인 것이다.

우리는 현재 수많은 손님들로 북적대는 입구에 서 있었다.

"그래! 오타쿠가 아닌 너도 몇 번은 와본 장소! 그 점이 중요하다고!"

"그게 왜 중요한데?"

"어이, 미치루. 너 요즘에 애니메이트에 가지? 거기 가서 어떤 느낌을 받았어?"

"으음…… 뭐랄까, 내가 있어서는 안 될 장소라는 느낌?"

"……이유가 뭐야?"

"대부분의 손님들이 여자이기는 하지만, 무슨 말을 하는 건지 도통 알아들을 수가 없어."

"흠."

뭐, 대놓고 "호모~."하고 말하고 다니지는 않겠지만, 그녀들이 나누는 대화를 해석해보면 8, 9할은 그걸로 귀결되지.

"게다가 파는 물건도…… 평소 가는 서점과는 너무 달라서 뭐가 뭔지 알 수 없게 된다고나 할까……."

"……이해했으니까 더는 말 안 해도 돼."

뭐, 애니이이트에서는 무라카미 이루키나 이식호흡 다이어트 책 같은 건 팔지 않지. 쿠이코의 농이라면 모든 고교의 모든 캐릭터 관련 상품이 다 있을텐데.

"그런 미치루도 이 가게에는 몇 번 온 적이 있어. ……즉, 그만큼 거부감을 느끼지 않는다는 거지?"

"응. 여기는 아무나 다 오잖아."

그렇다. 여기는 아무나 다 온다.

아키하바라 아마추어도, 프로도, 부녀자(腐女子)도, 자식을 데리고 온 부부도, 중증 오타쿠도, 커플도, 누구라도 말이다.

"하지만 오타쿠샵에 뒤지지 않을 만큼 그쪽 상품이 잘 구비되어 있어. 그렇지?"

"그야 규모가 다르잖아."

그리고 여기서는 뭐든 다 구할 수 있다.

핸드폰도, 건프라도, 일반서적도, 애니메이션도, 그리고 에로게임도…… 아, 요즘은 그쪽 상품 숫자를 꽤 줄이고 있어서 업계가 위기감을 느끼고 있지만 일단 그건 제쳐두고.

"그러니까 우선 이런 가게를 돌면서 조금씩 익숙해지는 거야."

"아, 그렇구나."

그 말을 듣고서야 미치루는 내가 뭘 하려는 것인지 이해한 것 같았다.

"우선 이런 종합 전문점에서 오타쿠 상품에 익숙해지자. 그리고 좀 익숙해지고 나면 전문점에 가자고."

오타 코몬
작사 : 아키 토모야

시작은 요도O시 소프O
토O와 메O트와 게O머즈

ZON도 멜o도 잊지 말 것

케o와 다o케는 취향에 따라

이것이 내가 제창하는, 오타쿠가 아닌 사람이 오타쿠가

되기 위한 가장 이상적인 아키하바라 만유기다.

또한 모 시대극 주제가의 멜로디에도 제대로 맞춰 부를

수 있으니 시험해 보길 바란다.

"아하……. 그럼 요o바시는 전희에 불과한 거네."

"그런 표현을 쓰는 사람은 우타하 선배만으로 충분해."

우리는 그런 야시시한 대화를 나누면서 좁은 입구를 통

해 안으로 침입했다.

※　※　※

"자아, 이쪽이야. 미치루."

"기다려줘, 토모~."

안으로 들어간 우리가 에스컬레이터로 몇 층이나 올라간

끝에 겨우 도착한 곳은 영상 소프트 코너다.

좁은 공간 안에서 손님들이 북적되는 오타쿠 상품 전문

점과 달리, 넓고 개방적인 공간에서는 영화와 TV작품 같은

대량의 소프트와 함께 오타쿠 상품이 충실하게 구비되어

있었다.

각 장르별로 구별되어 있기는 하지만 명확하게 나뉘지는 않았다. 즉, 오타쿠와 일반인이 균등하게 존재하기에 묘한 압박감이나 소외감을 느낄 수가 없었다.

"우선 여기는 어때?"

"와아~ 부도칸 라이브네……. 대단해, 성우도 이런데서 노래를 부르는 구나."

"무슨 소리 하는 거야. 요즘은 돔이나 아레나에서도 노래한다고. 성우가 노래하지 않는 공간은 이제 일본에 존재하지 않을걸?"

미치루를 오타쿠에게 익숙하게 만들기 위해 내가 우선 선택한 것은 본격적인 아티스트 활동을 하고 있는 인기 성우들의 라이브 DVD다.

이것이야말로 자신도 모르는 사이에 애니메이션 송에 익숙해진 미치루에게 있어 비교적 접근하기 쉬운 오타쿠 도(道)라고 판단했기 때문이다.

이걸로 미치루가 성우의 가창력과 퍼포먼스 능력이 얼마나 뛰어난지 깨닫고, 이쪽 세계의 음악으로 방향 전환해 준다면……

"자, 이쪽 모니터 좀 봐."

"우와, 만원이네."

매장에 설치된 모니터에는 내가 보여준 것과는 다른 라이브 DVD의 데모 영상이 나오고 있었다.

"이렇게 분위기가 뜨거운 라이브도 흔치 않을걸?"

화면 속의 영상은 노래와 무대 연출은 물론이고, 행사장 전체를 가득 채운 분위기 또한 뛰어났다.

형형색색의 형광봉을 조직적으로 휘두르는 모습, 열정적인 응원, 점프.

그 모든 것이 아이돌이나 록밴드 팬들 이상으로 통솔이 잘되고 있어서, 그 광경 자체로도 충분히 볼만한 가치가 있었다.

그리고 가수와 관객 모두가 온몸으로 이 라이브를 즐기고 있는 것이 느껴지면서, 내가 모니터 밖에 있다는 걸 잠시 동안 잊게 했다.

"……."

미치루도 잠시 할 말을 잃은 채 그 광경을 망연자실하게 쳐다보다가…….

"저기, 토모."

"왜?"

드디어 현실로 돌아온 것처럼 입을 열었다.

"저 성우…… 아니, 가수 말이야."

"엄청나지? 저 사람이야말로 성우계에서도……."

"나이, 몇 살이야?"

"…………열일곱이야."

……그것도, 쓸데없는 소리를 하기 위해서 말이다.

"……아무리 그래도, 그건 거짓말이지?"

"어이, 미치루. 그런 걸 거짓과 진실이라는 두 가지로만 나누는 것은 바보 같은 생각 아닐까?"

"뭐, 확실히 나이에 걸맞지 않은 목소리와 의상이긴 해."

"그렇게 생각한다면 더는 캐지 않는 게 일반상식이잖아?!"

"하지만 일반상식에서 생각할 때, 저 나이에 저 복장은……."

"그만그만그만해! 성우는 캐릭터에 생명을 불어넣는 게 사명이야! 그러니까 지금 연기하는 캐릭터의 연령이야말로 그녀들의 현재 연령이라고!"

"하지만 이건 성우의 단독 라이브지 캐릭터와는 상관없지 않아?"

"그러니까 그만하라고! 성우 팬들에게 싸움 걸지 마!"

"아니, 딱히 싸움을 거는 건 아냐. 뭐, 인터넷에서 이런 말을 하면 문제가 되겠지만, 지금 내 말을 듣는 사람은 가족인 토모뿐이잖아."

"으, 응……."

그래. 나 말고는 듣는 사람이 없으니 괜찮겠지……?

이건 어디까지나 오타쿠 상식이 결여된 오타쿠가 아닌 사람들의 순수한 지적 호기심이라든가 공부 부족에서 비롯된 실언이야. 다른 의도가 없는, 단순한 일상 대화라고.

정말 그렇게 생각해줄 거지……?

못 들은 척 해줄 거지? 응……?

※　※　※

"자아, 미치루! 여기가 네가 그렇게 고대했던 애니메이션 코너야!"

"딱히 고대한 적 없지만…… 왜 성우 코너에서 나온 거야?"

"아니, 그게……."

응, 실사(實寫)는 관두자.

팬뿐만 아니라 레코드 회사를 볼 면목도 없어질 가능성도 있다고.

……나는 스스로도 잘 모르는 그런 정치적 판단을 내렸다는 사실을 내색하지 않으면서 미치루를 애니메이션 코너 쪽으로 슬며시 유도했다.

"자아, 어떤 작품에 흥미가 있어? 로봇물, 판타지, 러브코미디, 개그, 호러, 세카이계#5, 건ㅇ…… 이곳에는 모든 픽션이 다 존재한다고."

"어? ㅇ담은 로봇물이 아닌 거야?"

#5 세카이계(セカイ系) 자의식 과잉인 주인공이 자의식의 범주만이 세계라 인식하며 행동하는 작품군. 에반게리온, 별의 목소리, 최종병기 그녀, 이리아의 하늘, UFO의 여름 등이 이에 속한다.

"건ㅇ은 ㅇ담이야……. 너도 오타쿠가 되면 이해할 거야."

"……잘은 모르겠지만 오타쿠에도 종류가 많네."

미치루는 그런 말을 하면서 대량의 소프트가 놓인 선반을 멍하니 쳐다보았다.

"너무 많아서 뭘 보면 좋을지 감이 안 와, 토모."

그리고 10초도 지나기 전에 항복 선언을 했다.

뭐, 그 마음도 이해가 되지 않는 것은 아니다.

요즘 들어서는 매주 방송되는 TV애니메이션만 수십 편에 이른다.

게다가 각 방송사 개편 시기마다 바뀌기 때문에 1년으로 따지면 그 숫자가 100을 넘는다.

그 중에서 찬란히 빛나는 작품을 찾아내는 것은 오타쿠일지라도 친구나 인터넷의 평판에 의지하지 않으면 어려울 것이다.

하지만…….

"걱정하지 마. 나한테 맡겨! 이럴 때를 위해 나와 네 밴드 동료들이 있는 거잖아!"

그렇다. 걱정할 필요는 없다……. 미치루에게는 골수 오타쿠 동료들이 있으니까 말이다.

"……으음, 밴드 멤버는 재미있는 애니메이션을 소개받기 위해서가 아니라 같이 음악을 하기 위해 있는 건데……."

"그런 사소한 건 상관없잖아! 신경 쓰지 마!"

나는 선반에서 한 작품을 꺼내 미치루에게 내밀었다.

딱히 불리한 진실에서 눈을 돌리기 위해 그런 건 아니라고.

"어이, 미치루. 이건 어때? 개인적으로 꽤 추천하는 작품이야!"

"……『멜랑콜리 파라다이스』?"

"설정이 복잡한 작품은 초보자에게 허들이 높거든. 우선은 전형적인 러브코미디가 좋을 거야. ……그리고 이건 작년 작품 중에서 손꼽히는 녀석이지!"

"흐음……."

미치루는 내가 내민 DVD 패키지를 뚫어져라 처다보았다.

그 패키지의 표지에는 우유부단해 보이는 한 남자아이를 교복을 입은 네 여자아이가 둘러싸고 있는, 학원물 애니메이션에서 흔히 볼 수 있는 구도가 그려져 있었다.

"아, 관심이 있으면 상영회할까? 괜찮아, 우리 집에 전편 다 있거든!"

물론 보존용까지 해서 두 세트 있다.

그리고 당연하다면 당연한 소리지만, 한 세트를 포교용으로 용도 변경시킬 용의 또한 충분히 있다.

"으음…… 주인공, 시지마 요스케는 사립 요메이 학원에 다니는 고교 2학년……?"

미치루는 패키지를 뒤집더니, 시놉시스를 읽기 시작했다.

【시놉시스】

주인공, 시지마 요스케는 사립 요메이 학원에 다니는 고교 2학년. 올해 봄, 부모님이 해외 출장을 간 후 유유자적하게 혼자 살고 있는 그는 소꿉친구인 하시노미야 노리야, 클래스메이트이자 상류층 아가씨인 혼묘지 에레나, 후배 오타쿠 소녀인 타니사키 쇼코와 즐거운 학교생활을 하고 있었다. 하지만 그의 쌍둥이 여동생을 자처하는 정체불명의 소녀, 유라가미네 테마리가 요스케를 찾아오면서, 평화로웠던 그의 일상은 파란만장한 양상을 띠게 되는데…….

"……."

"어때? 꽤 재미있어 보이는 도입부지? 그리고 반전이 많아서 나중에 가면 숨 쉴 틈도 안 줄 정도의 전개를 선보인다고!"

"그렇구나….."

내 말을 한 귀로 흘린 듯, 미치루는 패키지 뒷면을 보면서 미동조차 하지 않았다.

패키지를 뚫어져라 쳐다보는 저 눈길…… 이거, 어쩌면 이대로 이쪽으로 넘어올지도 모르겠는걸?

"초반에는 테마리가 진짜 여동생인지 아닌지 확인하는 게 주된 내용이야. 요스케가 옛날 사진을 보고 자기 여동생의

허벅지 안쪽에 점 세 개가 나란히 있다는 걸 떠올리고……."

"흐음……."

"그리고 중반에서 그 문제가 해결되고, 이번에는 다른 여자애들이 차례차례 요스케의 집에 쳐들어오고……."

"……저기, 토모."

드디어 패키지에서 눈을 뗀 미치루가 탐구심으로 가득 찬 눈길로 나를 쳐다보았다.

역시, 어쩌면…….

"왜 그래? 궁금한 게 있으면 얼마든지……."

"전부터 신경 쓰였던 건데…… 왜 애니메이션의 등장인물은 전부 이름이 이렇게 난해한 거야?"

"……뭐?"

"『시지마』, 『유라가미네』, 『타니사키』…… 이렇게 흔하지 않은 이름을 지닌 사람들이 한 곳에 모인다는 게 말이 안 되지 않아?"

"아, 아니, 그건 캐릭터성 때문에…… 다른 작품의 캐릭터와 이름이 겹치면 인상이 옅어지잖아? 그래서……."

"그런 것치고는 하는 짓이나 설정이 다른 작품과 겹치는 느낌이 드는데……."

"……미치루?"

……하지만 미치루는 완전히 내 예상에서 벗어나는 질문을 던졌다.

"저기, 토모⋯⋯. 왜 애니메이션의 주인공은 다들 부모님 없이 혼자 사는 거야?"

"그, 그건⋯⋯ 으음, 그 편이 작품을 전개하기 쉬워서 그런 거 아닐까?"

게다가 왠지 그녀의 질문에 내가 대답해서는 안 될 듯한 느낌이 드는 것은⋯⋯ 기분 탓일까?

"왜 주인공의 주위에는 귀여운 여자애가 이렇게 모여드는 걸까? 게다가 모두 다 주인공을 좋아한다는 건 말이 안 되는 것 같지 않아?"

"주, 주인공이 그 정도로 매력적이기 때문이라는 걸로 납득해 주시지 않겠사옵니까⋯⋯?"

"그리고 왜 상류층 아가씨에다 폭력적이고 츤데레한 캐릭터는 항상 금발 혼혈인 걸까?"

"뭐?! 나한테 그걸 묻는 거야? 묻는 겁니까요?!"

"게다가 요즘 들어서는 애니메이션이나 에로게임 같은 걸 좋아하는 오타쿠 히로인이 많잖아? 그건 역시 팬들의 요구 때문인걸까?"

"그러니까 그런 질문에 대답할 수가 없다고!"

"그리고 대부분의 소꿉친구 히로인이 샌드백 신세인 건 어째서일까?"

"이제 그만해⋯⋯ 그만하라고오오오⋯⋯."

"그리고 말이야⋯⋯. 히로인과 동거하면서 아무 짓도 않는다는 건, 주인공이기 이전에 남자로서 문제 있는 거 아나? 여자가 티 나게 유혹하는데도 "응? 뭐? 안 들렸어." 같은 소리를 한다면 숨통을 끊어주고 싶을 것 같은데, 토모는 어떻게 생각해?"

"그러니까 이제 그만 좀 하라고, 밋짱!"

진짜로 그만해⋯⋯. 픽션 속 이야기를 현실의 기준에 비춰보지 말라고⋯⋯.

※ ※ ※

"이야~ 오늘 정말 많이 걸었네. 그렇지? 토모."

"그래⋯⋯."

아키하바라에서 이탈해 전철을 타고 집 근처 역에서 내렸을 즈음에는 해가 완전히 저물었다.

"토모, 좀 전부터 말이 없네. 지친 거야?"

"한 걸음도 못 걸을 것 같다는 생각이 들 정도야."

사람과 차의 왕래가 많은 국도에서 빠져 나와, 집으로 이어지는 언덕길에 도착했을 즈음부터 미치루의 말수가 많아졌다.

이 녀석은 정말 힘이 넘친다니깐.

"⋯⋯운동 부족인 거 아냐?"

"너와 나는 기초체력부터 엄청 차이난다고."

그리고 미치루의 숙박용 짐이 들어간 가방을 내가 들고 있다는 점도 고려해줬으면 하지만, 내일 미팅을 위해 그녀를 부른 당사자로서 입이 찢어져도 그 말은 할 수 없었다.

　"그렇구나. 좋아. 그럼 집에 도착하면 오랜만에 내가 마사지해줄게, 토모!"

　"⋯⋯저기, 어릴 적부터 묻고 싶었던 건데 말이야. 네가 허리 마사지랍시고 하는 새우꺾기, 진짜 효과가 있는 거야?"

　그런 이유로 오늘은 둘이서 우리 집으로 돌아가고 있는 것이다.

　⋯⋯겨우 하룻밤 재워주는 거니까 동거라고 생각하지는 말라고.

　"그건 그렇고, 결국 나란 애는 절대 오타쿠가 되지 못할 것 같아."

　"그래?"

　결국 미치루의 아키하바라 순례는 아무런 성과도 내지 못한 채 끝났다.

　"그렇잖아. 토모가 그렇게 열심히 가르쳐줬는데도 나는 끝까지 초보적인 질문만 해댔다구."

　"아니, 나름대로 전문적인 질문이었다고 생각해."

　그렇다. 현재의 오타쿠 산업의 어둠을 파헤치는 듯한 날카로운 질문이었다⋯⋯.

"뭐, 어쨌든 흥미를 가지지 못한 시점에서 아웃이야."

"……."

그렇다. 결국 미치루의 촉수(감각기관으로서의 촉수다. 결단코 촉수(觸手)가 아니라고)는 내가 추천한 작품에 단한 번도 반응하지 않았다.

"나 같은 애가 게임 음악을 만들 수 있을까?"

성우 라이브에도, 애니메이션에도, 게임에도, 만화에도 말이다…….

딱히 말도 안 되는 이유를 대면서 완강하게 거부한 것이 아니라, 그저 그 작품들에 관심이 생기지 않는 것 같았다. 그녀는 내가 권한 작품을 든 채 잠시 고민한 후, 다시 선반에 돌려놓는 행위를 반복했다.

"밴드 동료들이…… 더는 나랑 같이 활동 못하겠다고 하지 않을까?"

평소와 달리 약한 소리를 한 미치루는 나를 올려다보았다.

'미치루가 남자라면 좋을 텐데.'라고 항상 생각했던 내 가슴마저 술렁이게 만드는, 그런 여린 표정을 지은 채.

하지만…….

"괜찮을 거야."

나는 그런 걸 딱히 신경 쓰지 않는 듯한 말투로 미치루의 불안을 일축했다.

"뭔가, 딱히 그런 걸 신경 쓰지 않는 것 같네……."

그리고 어릴 적부터 나와 알고 지낸 사촌은 순식간에 내 생각을 꿰뚫어봤다.

 그녀의 말대로, 나는 아무 것도 신경 쓰지 않고 있고, 걱정 또한 하고 있지 않았다.

 "저기, 미치루. 역시 너는 지금 이대로가 좋은 것 같아."

 "하지만……."

 "밴드 동료들은 지금 이대로의 너를 분명 좋아하고 있을걸?"

 "왜 그렇게 확신하는데?"

 "나는 오늘 너와 같이 다니면서 즐거웠거든."

 "뭐……."

 "너는 오늘 완벽한 안티 오타쿠였지만, 그리고 내 오타쿠 토크의 맥을 뚝뚝 끊어댔지만, 그래도 즐거웠어."

 그렇다. 정말 즐거웠다.

 내 오타쿠 열정은 전부 부정당하고, 딴죽당하고, 유린당했다…….

 하지만 그래도 '미치루니까 어쩔 수 없지.' 라고 생각하게 되는 점이 기분 좋았다.

 ……이런 구석은 약간 '뭐, 카토잖아.'라는 생각과 통하는 걸지도 모른다.

 "결국은 순서가 반대일 뿐이야."

 "반대라니, 무슨 말이야?"

"상대를 좋아하게 된다면, 그게 오타쿠든 오타쿠가 아니든 상관없잖아?"

그것은 일반적이고, 너무 당연한 거라서, 입에 담는 게 부끄러운 정론이다.

"서로의 취미와 취향이 달라도, 서로를 이해하려고 노력하고, 신경써주며, 그게 잘 안 되면 사과한 후, 결국 없었던 일로 친다. 그것도 충분히 재미있잖아?"

하지만 거꾸로 말하면 그것뿐인 것이다.

"오늘, 네가 했던 것처럼 말이야."

"토모……"

그리고 미치루는 그러고 있는 것이다.

그렇다면 더는 바랄 것이 없다.

"그리고 너야말로 어때? 리얼충틱한 대화를 할 수 없게 된 그 애들과 정나미가 떨어졌어? 다른 동료를 찾아서 다른 밴드를 만들 거야?"

"무슨 소리를 하는 거야! 내가 그런 짓을 할 리 없잖아!"

"그럼 그 애들은? 이제 와서 너를 버리고 자기들끼리 오타쿠 서클을 만들 것 같아?"

"……"

"나는 오타쿠이고, 내가 좋아하는 사람도 오타쿠이면 좋겠지만…… 그래도 오타쿠가 아니라는 이유로 사람을 싫어하게 되지는 않아."

사람이 사람을 좋아하게 되는 것은 상대의 취미와 생각이 자신과 같기 때문이 아니다.

　첫인상 때문이거나, 당시의 상황 때문이거나, 혹은 우연히 좋아하게 되기도 한다.

　……예를 들면, 벚꽃이 흩날리는 언덕길에서 모자를 주웠던 것만으로 누군가를 좋아하게 되는 것처럼 말이다.

　"너도 그렇잖아? 미치루."

　그렇다면 그『좋아한다』는 마음을 소중히 여기기만 하면 된다.

　서로가 좋아하는 것을 이야기하며, 만약 그것이 다를지라도 상대를 부정하지 않고, 함께 즐길 수 있도록 노력하면 된다.

　"왠지 토모가 그런 말하니까 미남 같아."

　"……그 말, 가장 심한 모욕으로 받아들여도 될까?"

　"아하하. 너한테 있어서는 그럴지도 몰라."

　지금도 역시 미치루는 내가 한 말에 딴죽을 날려대고 있다.

　하지만 말싸움을 벌일 생각은 없다.

　지금의 나는『미남 같다』니까 말이야.

　진짜 미남이라면 그 어떤 상대에게도, 어떤 취향을 가지고 있는 이에게도 맞춰줄 수 있을 것이다.

　겉으로만 그런 것이 아니라, 진심으로 상대를 존중하며

배려할 수 있을 것이다.

설령 팔방미인이라고 매도당하더라도 흔들리지 않을 것이다.

미남은 남자라도 반할 것 같은, 진정으로 좋은 녀석을 가리킨다는 이야기를 들은 적이 있다.

……뭐, 나와는 거리가 먼 존재겠지만 말이야.

"뭐, 좋아……."

언덕길을 올라가다 문득 걸음을 멈춘 미치루가 나를 돌아보았다.

방금 전까지 그녀의 얼굴에 맺혀 있던 자학적인 표정은 어느새 사라지고 없었다.

"즉, 토모가 이런 말을 나에게 한다는 건, 나를 이해하려 노력하고 있고, 나를 버릴 생각이 없다는 거지?"

"아~ 뭐, 비슷해."

그녀의 얼굴에 맺혀 있는 건 평소와 다름없는 약간 도발적이고, 약간 짓궂은…….

"그럼 토모는…… 나를 엄청 좋아하는 거네?"

"다다다다다, 당연하지! 사촌이니까 말이야! 것보다 멋대로 "엄청"이란 말 덧붙이지마!"

미치루가 그런 표정을 지으며 한 말은, 그 표정에 걸맞은 충격을 나에게 안겨줬다.

"아하하~ 부끄러워하지 마~. 아하하, 아하하하하."

그리고 당황한 나를 보면서 한 순간 만족한 듯한 미소를 지은 미치루는 그대로 언덕길을 뛰어올라갔다.

　오늘 그렇게 걷고 또 언덕길을 뛰어올라갈 수 있을 만한 힘이 없었던 나는, 뛰어다니는 미치루의 등을 바라보며 쓴웃음 섞인 한숨을 내쉬었다.

　저기 있는 건 친척 중에서 가장 나이가 가깝고, 개구쟁이 인 여자아이.

　카운터석밖에 없는 돼지고기 덮밥집도 아무렇지도 않게 따라오는, 마음 편한 여자 친구.

　그리고…….

　그날 밤, 미치루는 내 방에 쳐들어오더니, 한숨도 자지 않았다.

　그리고 밤새…… 게임을 위한 신곡을 순식간에 세 곡이나 써냈다.

※　※　※

　다음 날, 일요일.

　어제와 마찬가지로 가을의 기분 좋은 햇살이 쏟아지고 있는 한낮.

　내 방에서 개최된 서클 『blessing software』의 미팅은 당초의 숙제였던 새 BGM이 예정대로, 게다가 불만을 표시할 여지가 없을 정도의 퀄리티로 준비되었기에 평소보다 원활하게 진행되어 덕분에 예정보다 한 시간이나 일찍 끝났다.

"저기 말이야⋯⋯. 사와무라 양?"

"⋯⋯."

"네 이름, 사와무라 에리리 맞지?"

"⋯⋯."

"부잣집에 폭력적인 아가씨에 오타쿠 히로인, 그리고 샌드백 소꿉친구인, 에레나와 쇼코와 미노리를 더해서 셋으로 나눈 것 같은 사람."

"사람을 애니메이션 히로인에 비유하지 마! 평균도 내지 말라구!"

"뭐야~ 사람이 말을 걸어도 무시한 쪽이 잘못한 거잖아."

"그러는 효도 양은 일전에 자신이 토모야와 오래 알고 지냈다고 엄청 자랑했었잖아. 샌드백 포지션 정도는 네가 가져가시지!"

"⋯⋯너, 생각했던 것보다 여유가 없는데다 속도 좁구나."

"그런데 무슨 일이야? 나, 아직 작업이 안 끝나서 바빠."

"아니, 저기, 저 두 사람 말인데⋯⋯."

"두 사람?"

"아니, 그러니까, 저쪽에 있는⋯⋯ 토모하고, 카토라는 애."

"……쟤들이 왜?"

"저 두 사람, 어떤 사이야?"

"…………직접 보고 판단하지 그래?"

"아니, 좀 전부터 그러려고 했는데 말이야."

"좋아. 그럼 다음은 제6화야."

"저기, 아키 군."

"여기서부터 급전개야. 드디어 테마리가 진짜 여동생인지 아닌지 판명될지도 모르는 가능성이 제시될 확률이 점점 올라가서……."

"아니, 그러니까 아키 군."

"뭐야? 카토. 나 지금 포교하느라 바쁘니까 짧막하게 말해."

"으음, 나도 포교당하느라 바쁘니까 요점만 말할게. 나, 오늘은 확실히 집에 돌아가겠다고 부모님께 말하고 왔어."

"돌아갈 수 있을지 없을지는 카토의 노력 여하에 달렸어……."

"대체 뭘 노력하면 되는지도 듣지 못한 채 애니메이션을 5화까지 본 나는 이제부터 뭘 하면 될까?"

"뭘 하면 되냐고?! 카토! 너, 『멜랑콜리 파라다이스』를 5화까지 보면서 아무 것도 느끼지 못한 거야?"

"아, 으음, 요즘 꽤 흔한 하렘 애니메이션이라는 느낌은 받았는데······."

"이 바보야! 아무 것도 몰라······. 너는 아무 것도 모른다고!"

"아~ 응. 그건 누구보다도 내가 가장 자각하고 있다고 생각해."

"잘 들어. 이 작품의 메인 히로인인 테마리는 말이야 여동생 캐릭터야. 게다가 주인공의 출생의 비밀과도 얽힌 초중요 캐릭터라고."

"뭐, 그건 알아."

"그러니까 카토······. 우리가 만드는 게임의 메인 히로인인 전생의 여동생 캐릭터, 히노에 루리의 설정과 뿌리가 같다고!"

"아, 루리의 설정은 이 작품에서 베낀 거구나?"

"아냐! 어디까지나 참고만 한 거야! 하지만 이 작품에 나오는 테마리의 심정은 우리의 게임 속에서 반드시 살아 있어야 해! 그러니까 카토는 이 작품의 본질을 파악해야만 해!"

"파악해야만 하는 거구나······."

"그러니 집에 돌아가고 싶으면 테마리의 심정을 제대로 이해하고 가. 이해할 때까지 본편, 드라마CD, OVA, 코미컬라이즈 전부 제패하게 할 거니까!"

"에~."

"……."

"……."

"쟤는 왜 싫어하지 않는 거야? 나와 마찬가지로 오타쿠가 아니라면서?"

"그런 건 본인에게 물어봐."

"그 이전에, 토모는 왜 저 애한테는 오타쿠를 강요하는 건데? 오타쿠든 아니든 상관없는 거 아니었어?"

"나, 나는 처음부터 오타쿠였기 때문에 그런 건 몰라!"

"저 두 사람, 좀 이상하지 않아? 뭐랄까……."

"……『가장 마음 편한 사이』라는 자리를 빼앗길 것 같아서 초조해진 거지? 효도 양."

"어……?"

"하지만 그건 저기 있는 사와무라 양이 몇 년 동안 거쳤던 길이야……. 가장 오랜 소꿉친구 포지션은 당신에게, 애제자 포지션은 하시마 이즈미 양에게, 그리고 존경받는 크리에이터 포지션은 나에게 빼앗긴 채, 자신의 존재가치를 잃고 타락하는 금발 트윈 테일 타천사……. 아아, 정말 비참하기 그지없네. 후훗, 후후훗."

"계속 무시당했다고 멋대로 남의 이야기에 끼어들지 마, 카스미가오카 우타하."

(최초 수록 : 드래곤매거진 2013년 9월호)

제 5.3 화

시원찮은
반년을
정리하는 방법

Saenai heroine no sodate-kata FD

Fancy Wave Vol.6

총집편…….

그것은 애니메이션으로 비유하자면, 작품 제작에 차질이 생겨 방송 예정일까지 본편을 완성하지 못했을 때 방영하는, 과거의 영상을 이어 붙여 단기간에 제작한 작품을 말한다.

당초 예정된 화수가 줄기 때문에 시리즈 구성이 엉망진창이 되고, 다음 편의 방송을 기다리고 있던 팬들을 낙담시키기에 불이익이 크다. 하지만 놓친 방송분이 있거나, 내용을 충분히 이해하지 못해 작품을 따라가지 못하던 유저들을 위한 해결책이 된다는 이점도 있긴 하다.

하지만 아무리 그래도 한 작품에 총집편을 몇 번이나 넣거나, 시리즈 후반부에 가면서 짧은 간격으로 총집편을 넣거나, 혹은 1쿨 정도의 짧은 작품에 총집편을 넣으면, 제작 현장에 무슨 일이 있나 의심을 살 수 있다. 그러니 가능한 한 피하는 편이 좋을 것이다. 뭐, 피할 수 있다면 말이다.

……뭐, 그런고로, 이번 단편에서는 이런저런 뒷사정을 의심해가며 적당히 어깨의 힘을 빼고 즐겨주신다면 감사하겠습니다.

　문화제, 그리고 그 뒤편에서 펼쳐진 "비밀 문화제"도 끝난 늦가을.

　겨울 방학, 그리고 겨울 코믹마켓까지 한 달 정도 남은 어느 주말…….

　"으음, 기획·프로듀스, 아키 토모야, 그리고……."

　2주 전, 그리고 지난 주말에 연속해서 밤샘을 하고, 이번 주 주말도 한창 수라장★라★밤바 중인 나, 동인 게임 서클 『blessing software』 대표 겸 프로듀서 겸 디렉터 겸 스크립터인 아키 토모야는 토요일 심야 세 시가 지난 지금도 쉬지 않고 졸린 눈을 비벼가며 자기 방 테이블 위에 놓인 노트북 컴퓨터의 키보드를 두들기고 있었다.

　"디렉터도 추가해둘까? 아, 그건 마지막에 넣는 편이 좋을까?"

　그리고 내가 이렇게까지 시간을 들여가며 열심히 하고 있는 것은 직함만 들어도 알 수 있듯 동인 게임 제작이다.

　올해 연말에 열리는 겨울 코믹마켓에 참가할 예정인 우리는 그때 배포할 처녀작(출현 히로인의 설정을 가리키는 게 아니다)을 올해 봄부터 반년 동안 만들어왔다.

　그리고 드디어, 소재 데이터도 9할 가량 완성된 지금, 이 싸움은 최종 단계에 접어들었다.

소재 데이터를 합쳐 게임을 플레이해보고, 문제점을 찾아내 수정하고, 또 플레이한다…….

그런 수수하면서도 소프트웨어에 있어 가장 중요한 디버그 작업을 금요일 밤부터 계속 해오고 있었다.

"……잠깐. 본명을 크레디트 화면에 넣어도 되나?"

하지만 디버그만 계속 했다간 효율이 떨어지기 때문에 지금은 다른 작업을 병행해서 하고 있는 중이다…….

"어머, 윤리 군. 이건 엔딩 크레디트야?"

"아, 우타하 선배……."

내가 작업 중인 노트북 컴퓨터의 화면을 쳐다보면서 한 여성이 테이블 위에 팔을 얹은 채 내 쪽으로 다가왔다.

언제부터인가 혼자서 작업을 하고 있다고 착각했다…….
아니, 그렇게 생각하게 만들었다면 내 묘사가 부족했던 거겠지. 미안해.

"이걸 보니 게임이 거의 다 완성된 것 같아 감개무량한 걸."

"무비는 확실히 이제 무리라서 프로그램으로 스크롤 표시하는 수밖에 없지만요."

"아, 작업을 방해했네. 미안해. 나 신경 쓰지 말고 계속해."

"아, 예……."

그리고 그 여성은 턱을 괸 채 나를 지그시 바라보았다.

그 순간, 살랑거리며 휘날린 그녀의 검은 머리카락이 내 볼을 상냥하게 쓰다듬었다.

심야 세 시가 넘은 시각에 내 방에서, 마치 평소처럼…… 아니, 평소보다 더 달콤한 분위기를 자아내고 있는 이 여성의 이름은 카스미가오카 우타하.

한 학년 선배이자 우등생, 그리고 윤기 넘치는 긴 흑발을 지닌 엄청난 미인이다. 원래라면 2차원 오타쿠인 나 같은 녀석과 접점이 있을 리가 없는 사람이지만…….

"으, 으음…… 다음은 시나리오 : 카스미 우타코……."

독설가에, 꽤나 나태하며, 내 앞에서는 항상 졸려 보일 뿐만 아니라 무방비한 이 사람은 내 서클의 시나리오 담당이다. 그리고 인기 라이트노벨 작가, 카스미 우타코라는 펜네임으로 활동 중이기도 하다.

"윤리 군, 거기 틀렸어."

"아, 혹시 선배도 본명 플레이를 할 거예요?"

"그게 아냐. 이 작품에는 합작 펜네임을 쓰기로 약속했잖아. ……바로 이거 말이야."

"예? 아……."

그리고 각종 치트 설정을 가진 우타하 선배는 키보드 위에 놓인 내 손을 치우더니 오른손 검지만으로 노트북 화면에 천천히 글자를 새겼다.

『TAKI UTAKO』

"······그렇지?"

"선배······."

그것은 내가 인터넷상에서 쓰는 핸들네임인 『TAKI』와, 우타하 선배의 작가 펜네임 『카스미 우타코』를 섞어서 만든 합작 펜네임이다······.

그렇다. 사실 이번 작품의 시나리오는 원래 우타하 선배가 혼자서 썼지만, 도중에 여러 가지 사정과 내 강한 열망 때문에 최종적으로 일부분은 내가 쓰게 되었다.

첫 시나리오가 프로 작가와의 합작이라는 건 그야말로 무모하기 그지없는 도전이었다. 하지만 우타하 선배의 사랑이 넘치는 혹독한 지도 덕분에 꽤 봐줄 만한 작품이 되었다고 개인적으로 생각한다.

. 하지만 나와 우타하 선배가 함께 시나리오를 쓰게 될 때까지······.

아니. 우리가 처음 만나 함께 게임을 만들게 될 때까지, 반년으로는 해결하지 못할 일 년 반에 걸친 수많은 우여곡절이 있었다······.

※ ※ ※

첫 만남…… 아니, 우리가 처음으로 서로가 비슷한 인종이라는 사실을 인식한 것은 작년 초여름이었다.

우타하 선배…… 카스미 우타코의 처녀작(다시 한 번 말하지만 작가의 현재 상태를 가리키는 것이 아니다……. 물론 사실여부는 모르지만!)『사랑에 빠진 메트로놈』에 빠진 나는 자신의 블로그에서 그 작품을 스텔스 마케팅…… 아니, 취미 삼아 엄청 추천해댔다. 그리고 드디어 개최된 히트기념 사인회에 내 모든 것을 내던지며 참전했다. 아니, 딱히 내던질 만한 것은 없지만 말이다.

그때 처음으로 만난 카스미 우타코 선생님은 내가 생각했던 것보다 꽤나 젊었고, 한 순간 넋을 놓고 쳐다보고 말 정도의 흑발 미인일 뿐만 아니라…….

내가 다니는 토요가사키 학원에서 유명한 수재이자 독설가인 상급생, 카스미가오카 우타하였다.

그런 우타하 선배…… 카스미 우타코는 학교 안에서 밑바닥 오타쿠인 나를 알고 있었고, 그녀의 담당 편집자인 마치다 씨는 카스미 우타코 팬 사이트 관리인인 인터넷상의 나를 알고 있었다.

그렇게 알고 지내게 된 우리는 그 후로 카스미 우타코 작품에 대해 이야기하면서 작가와 팬치고는 아주 약간 가까운 사이가 되었다.

나에게 있어서는 행복하기 그지없는, 우타하 선배에게 있어서는 어땠는지 알 수 없는 시간이 한 동안 계속되었고…….

　그녀와 만나고 반년이 지난 후, 그리고 지금으로부터 1년 전인 겨울, 우리 사이에서는 사소한, 하지만 심각할지도 모르는 엇갈림이 발생했다.

　『사랑에 빠진 메트로놈』 완결 직전, 선배는 아직 출판되지 않은 최종권의 원고를 나에게 보여주고 의견을 물으려 했다.

　그것이 순수하게 작품을 더 좋게 만들기 위한 의견교환이었던 것인지, 아니면 가장 가까운 팬을 우대해준 것인지, 아니면 다른 의도가 있었던 것인지는 지금도 알 수 없다.

　하지만 나는 그런 선배의 과분한 제안을, 어이없게도 거절했다.

　그 누구보다도 다음 권을, 그것도 최종권이라면 더욱 더 기다리고 있었는데, 그 대망의 원고를 팬 중에서 가장 먼저 접할 기회를 차버리고 만 것이다.

　그도 그럴 것이, 이 시점에서 내가 작품을 접하면 그 내용이 바뀔 수도 있었기 때문이다.

　카스미 우타코가 영혼을 깎아가며 쓴 작품을, 나 같은 오타쿠가 더럽혀선 안 된다고 생각했다.

뭐, 그런 역겨우면서도 천진난만한, 오타쿠의 골 때리는 사고방식을 우타하 선배는 당연히 눈곱만큼도 이해하지 못했고, 그녀는 그 일 이후로 나와 연락을 끊었다.

그래서 반년 전 봄 내가 이 서클을 만들 때 그녀를 시나리오 담당으로 가장 먼저 꼽았음에도, 실제로 그녀를 끌어들이기까지 꽤나 고생했었다.

……아니, 사실 그 고생은 지금도 현재진행형으로 계속되고 있다.

원래 제멋대로인 구석이 꽤 많은 선배는 서클 동료가 되고 나서는 그 본성을 숨기지 않게 되었고, 지금은 사디스틱한 본성을 드러내며 나를 괴롭히는 것을 즐기고 있다.

그녀의 입에서 나오는 것이라고는 암흑 토크 아니면 야한 농담의 온퍼레이드.

게다가 미인계 또한 서슴없이 펼쳐댔다.

작가로서의 재능을 발휘하는 건지, 아니면 성격파탄자라서 그런 건지는 모르겠지만, 내가 어떤 반응을 보일지 예상해 도주로를 차단한 후, 내 위(胃)에 막대한 대미지를 주는 암흑신.

하지만 작가의 본성 때문인지, 크리에이터로서의 긍지 때문인지는 모르겠지만, 창작에 대한 진지한 태도는 그 누구에게도 뒤지지 않았다. 겨우 화해하고 현재에 이른 지금도,

우리는 때때로 작품의 내용 때문에 충돌했다.

　처음에는 7월 초.

　우타하 선배가 제출한 플롯에 계속 위화감을 느낀 나는 결국 『사랑에 빠진 메트로놈』의 성지인 와고 시까지 그녀를 쫓아갔다. 그리고 호텔에서 밤을 새어가며 하룻밤의 실수…… 아니, 작품의 방향성에 관한 격론 및 기획 회의를 했다.

　내가 갈구하는 작품과 그것을 살릴 수 있는 선배의 능력을 서로 이해하고, 처음으로 우리가 한 팀으로서 서로를 믿은, 쓸쓸하면서도 기념비적인 밤.

　……그때 찍은 기념사진은 아직도 선배의 폴더에 남아있으려나?

　그리고 지난주에 또 트러블이 발생했다.

　마치 지난 여름에 벌어진 일을 되풀이하듯, 이번에는 완성된 시나리오에 풋내기인 내가 참견했고, 문화제 당일에는 지난번과는 비교도 되지 않을 만큼 험악한 분위기가 초래됐다.

　하지만 그런데도 그녀는, 아니, 우리는 자신들이 크리에이터라는 사실을 내팽개치지 못했다. 그래서 작품에 대해 진지하게, 근원의 근원까지, 너무 과해서 원래 작품이 망가져도 괜찮다는 듯이 격론했고, 긍정했으며, 부정한 끝에, 대대적으로 뜯어고쳤다.

……결국 마지막에 내가 추가 시나리오를 쓰면서까지, 원래 작품의 분위기를 바꾸고 말았다.

※　※　※

"드디어 완성이네."

"예……."

우타하 선배는 노트북 컴퓨터에 표시된 크레디트 화면을 보면서 극히 부자연스럽게 자세를 바꿨다.

그리고 다음 순간, 내 어깨에 슬며시 무게가 실리더니, 샴푸 향기가 내 코끝을 스쳤다.

그렇다. 처음 만난 이후 우리 사이에는 계속 트러블이 생겼지만, 가장 큰 문제는 바로 이거다.

아무리 선배를 화나게 해도, 부담을 줘도, 상처를 줘도 이런 식으로, 은근슬쩍 좋은 분위기가 계속되는 것이다.

역시 우타하 선배는 성격파탄자다.

자타 공인의 독설가에, 심술궂고, 사디스트적인 본성을 지녔으면서, 그녀의 독설은 상냥하기 그지없었다. 심술 또한 귀엽다. 그리고 언제나, 나에게 물러터졌다.

"저기, 윤리 군."

"왜, 왜요?"

선배는 키보드 위에 놓인 내 손과 자신의 손을 포갰다.

그런 그녀의 몸짓은 세간의 평가와는 다르게 따뜻하고 부드러우며, 그리고……

"저기, 이 게임이 완성되면……"

"서, 선배……?"

"스, 스토오오오오오오옵~!!!"

……여러 가지 의미로 물러설 수 없는 분위기가 방안을 지배하려 한 순간.

창가…… 내 공부용 책상 쪽에서 느닷없이 새된 고음이 터져 나왔다.

"듣자 듣자하니까, 한창 사투중인 사람 앞에서 염장염장 염장염장염장염장염장염장……!"

"에, 에리리……? 무, 무슨 소리 하는 거야! 그, 그런 적 없어!"

"여전히 딴죽의 내용과 타이밍이 전형적이라서 신선미가 떨어지네, 사와무라 양. 좀 더 재미있게 어레인지할 수 없는 거야? 예를 들면 다음날 아침에 침대에서 꼭 껴안은 채 자고 있던 두 사람을 차분하게 깨우면서 딴죽을 날린다든가."

"넌 끝까지 갈 생각이 차고 넘치나 보네, 카스미가오카 우타하! 어차피 그럴 용기도 없는 은폐형 겁쟁이면서!"

"선배가 평소에 자주 써먹는 조크잖아? 일일이 반응하지 마."

"……그걸 조크로 치부해버리는 지극히 윤리 군다운 반응 때문에 더 짜증이 나네."

언제부터인가 나와 우타하 선배, 둘 밖에 없다고 착각…… 아니, 착각하게 만들려고 의도적으로 유도했어. 미안해.

그렇다. 실은 처음부터, 즉 합숙이 시작된 금요일 밤부터 계속 내 방 책상을 점거한 채, 하염없이 그래픽 작업에 전념 중이던 금발 트윈 테일 여자애가 그녀의 자랑거리인 금발을 휘날리며 나와 우타하 선배에게 말도 안 되는 이유로 규탄하고 있었다.

그런 식으로, 심야 세 시가 지난 내 방에서 마치 평소처럼…… 진짜로 평소처럼, 내 사정 같은 건 안중에도 없다는 듯이 멋대로 행동하고 있는 여자아이의 이름은 사와무라 스펜서 에리리.

내 동급생이자 미술부 에이스, 그리고 영국인 혼혈 상류층 아가씨이며, 인정하고 싶지 않지만 프랑스 인형(영국산) 같은 미인이다. 그러니 100퍼센트 일본산 오타쿠인 나와는 (겉모습만 보면) 원래 접점이 있을 리 없지만……

"아, 아무튼, 이어서 캐릭터 디자인·원화 : 카시와기 에리……."

"……왜 내 크레디트 순서가 카스미가오카 다음인 거야?"

"어머? 작업 순서를 생각하면 시나리오가 먼저 표시되는 게 당연하지 않을까? 사와무라 양."

"나는 매상의 9할을 책임지는 초(超)중요 포지션인 원화 담당이라구."

우와, 너. 그건 완전 노골적이잖아…….

"하지만 사와무라 양. 캐릭터디자인도, 원화도, 기획자의 지시 없이는 진행할 수 없어. 그야말로 먹을 것을 달라고 입 벌리고 있는 어린애나 별반 다를 게 없는 포지션이라는 걸 잊었나 봐?"

"여전히 이해도, 납득도 할 수 없는 궤변을……. 앗, 잠깐! 이 크레디트는 뭐야?! "카시와기 에로"라고 되어 있잖아!"

"어머, 정말. 이럼 안 돼, 윤리 군. 사와무라 양의 본질을 정확하게 도려내는 완벽한 패러디지만, 이건 엄연히 사실과 다르잖아."

"……저기, 선배. 분명히 방금 내가 입력한 『에리』를 일부러 지우고 다시 입력하지 않았어요?

※　※　※

"하아, 정말!"

"이제 그만 기분 좀 풀어."

"내가 가장 열심히 하고 있는지 알지도 못하면서……. 이 작업 때문에 이번 분기에 얼마나 많은 애니메이션을 1화만 보고 때려치웠는지 알기나 해?"

"아니, 그건 이번 분기 애니메이션이 실패작이라서 그런 거 아냐?"

"……네가 그런 소리를 해도 돼? 진짜 해도 되는 거야?"

뭐, 이미 눈치챘겠지만, 결국 이 녀석도 나와 한통속이랄까, 같은 호랑이 굴에서 자란 오타쿠다.

내 서클의 원화 담당이자, 인기 동인 작가인 카시와기 에리라는 초절정 오타쿠의 일면을 지닌, 양아치에게 들켰다간 자신이 흔히 그리는 능욕 동인 루트로 직행할 은폐형 상류층 아가씨.

그리고 나와는 10년 전…… 그러니까 초등학생 때부터 알고 지낸 오래된 소꿉친구다.

"일단 내가 BD마라톤을 하기로 결정한 작품을 사면 빌려 줄 테니까 지금은 참아줘."

"이번 분기 작품 중에서는 뭘 살 거야?"

"으음, 『마을 이야기』와 『네잎 클로버의 퀸』, 그리고 『플래티나 러브』와……."

"뭐야, 전부 보고 있는 것들이잖아."

"……너, 방금 이번 분기 애니메이션들 1화만 보고 때려치웠다고 하지 않았어?"

에리리는 현재 게임 제작의 라스트 스퍼트를 맡아 남은 이벤트CG를 엄청난 속도로 완성하고 있었다.

뭐, 이렇게 몸도 마음도 얼어붙을 것 같은 짜증나는 잡담을 하면서도, 작업 중인 손을 멈추지 않는 점만큼은 칭찬해 줘야 할 것이다.

"그러고 보니 우리는 매 분기마다 같은 작품을 보네."

"그럼 그 중에서 가장 마음에 들어 하는 건…… 역시 『플래티나 러브』지? 그렇지?"

"네가 그렇게 생각한다면 그렇지 않을까?"

"그건 너도 마찬가지잖아."

에리리는 나에게 등을 보인 채 내가 내린 결론에 한숨으로 답했다.

정말, 알고 지낸 후로 10년이 지났는데도 이 녀석의 취향만큼은 손에 잡힐 듯이 훤했다.

……아니, 10년 지났기 때문에 알 수 있는 걸까?

"그런데 토모야는 누구를 가장 좋아해?"

"누구겠어. 당연히 사라사지."

"……정말 내 예상에서 벗어나지 못하네. 왕도 히로인을 좋아하는 건 옛날부터 변하지 않았다니깐."

"그러는 너야말로 에리카지? 그렇지? 옛날부터 넘버 투 히로인을 좋아하는 건 변함이 없잖아."

"정말 너나 나나 취향이 완벽하게 굳어버린 것 같아."

"겸사겸사 너는 왕도 히로인에게 악랄한 짓을 하는 동인
작품도 굳어버렸잖아."

"그야 어쩔 수 없잖아. 그래야 잘 팔린단 말이야."

"이 자본주의의 노예."

"구매해주셔서 감사합니다~♪"

"내가 살 것 같아?! 네 책은 전부 성인용이잖아!"

"고등학교 졸업하면 첫 차 타고 와서 줄 서 주세요. 뭐,
티켓 없이 살 수 있을지는 모르겠지만 말이야."

그렇다. 알고 지낸 후로 10년이나 흘렀기 때문에, 이렇게
허심탄회하게 무슨 말이든 할 수 있다.

내가 태어나서 처음 사귄 오타쿠 친구이자, 내 첫 소중한
기억도, 잊고 싶은 기억도 만들어준, 그야말로 끊고 싶어도
끊을 수 없는…… 아니, 끊고 싶지 않았는데도 끊어지고
만, 하지만 다시 이어진, 좀비 같은 인연을 지닌 여자아이.

지금은 이렇게 농담을 나눌 수 있는 사이로 돌아왔지
만…….

나와 에리리 사이에는 그렇게 말 한마디로 정리할 수 없
는, 정리하고 싶지 않은 장대한 시간이 존재했다.

※　※　※

몇 번이나 말했지만, 나와 에리리의 역사는 10년 전부터 시작되었다.

때는 봄. 그리고 새 학기. 우리가 다닌 초등학교의 입학식 날.

벚꽃이 흩날리는, 집 근처의 언덕길에서……

양복을 멋지게 차려입은 금발의 아버지, 그리고 코스튬 플레이어를 연상케 하는 하늘거리는 의상으로 몸을 감싼 어머니와 함께 있는, 아버지와 같은 색의 머리카락을 지닌 같은 또래 여자애와 만났다.

당시에는 오타쿠가 아니었지만, 어디에나 있을 법한 호기심 왕성한 꼬맹이었던 나는 엄청 눈에 띠는 그 여자애에게 흥미를 가졌다. 그리고 같이 학교까지 걸어갔고, 그대로 당연하다는 듯이 같은 교실에 들어갔다.

……만약 그 녀석과 같은 반이 아니었다면, 나는 입학 첫날부터 미아가 됐겠지.

그리고 초등학교 3학년 1학기까지 나와 에리리는 극적인 이벤트도 없이 서로에 대한 존재감이 자연스럽게 커져갔고…… 그녀의 부모님의 영향을 받아 서로를 오타쿠로 물들여갔다.

클래스메이트들의 눈에는, 평범한 남자애와 평범함과는

거리가 먼 여자애가 찰싹 붙어 다니면서 애니메이션이나 게임에 대해 이야기하는 모습이 이질적으로 보였을지도 모른다.

하지만 아직 그 세상이 좁고…… 패거리를 만들어 이질적인 존재를 몰아낼 정도의 사회성조차 지니지 못한 급우들은 그런 우리를 내버려뒀다. 그리고 우리 또한 그것을 바라고 있었다.

지금 생각해보면 그 후에 일어난 일은 성장해 나가다 보면 언젠가는 부딪히게 될 벽이었을지도 모른다는 생각이 들었다.

3학년 2학기가 되어, 갑자기 주위의 차가운 시선과 실력 행사에 직면하게 된 우리는 태어나서 처음 받아보는 명확한 악의 때문에 크게 당황했다.

그런 좌절에 부딪힌 후, 원래 악동이었던 나는 필사적으로 저항했지만, 원래 착해빠진 상류층 아가씨였던 에리리는 그대로 꺾이고 말았다.

그 후 몇 년 동안, 에리리는 주위에서 바라는 대로『그림으로 그린 듯한 상류층 아가씨』를 완벽하게 연기했고, 그 반동으로 본성 쪽은 나보다 더 빌어먹을 오타쿠로 변모하고 말았다.

한 권이라도 더 팔기 위해 성인물이든 능욕물이든 가리지 않고 그려대고, 보지도 않은 애니메이션의 2차 창작도 서슴지 않으며, 내용보다 겉모습을 우선했다……

그러면서도 본인은 남들 앞에 모습을 드러내지 않고, 인터넷 상에서도 활동하지 않는다. 누구도 그 진짜 정체를 알지 못하는 복면 동인 작가, 카시와기 에리를 탄생시켰다.

그렇기에 그녀의 내면에 존재하는 것은 자기과시욕도, 향상심도 아니다.

어쩌면…… 지금도 무엇이 목적을 알 수 없는, 내가 아는 이들 중에서 가장 일그러진 오타쿠다.

그런 우리가 오랫동안 계속되어온 빙하기를 뛰어넘어 아주 약간이나마 화해한 것은 5년이라는 시간 덕분이다.

……뭐, 우리 사이의 시간이 아니라, 주위의 시간이었지만.

우리가 사는 동네에서 조금 떨어진 곳인지라 예전의 우리를 아는 사람이 없는 토요가사키 학원에서, 우리는 마음의 교류보다 오타쿠 상품의 교류를 먼저 재개했다.

좋아하는 오타쿠 상품이라면 일단 사고 보는 타입인 나는 최신 애니메이션과 게임. 유명 동인 작가인 에리리는 원래 줄을 서지 않으면 손에 넣을 수 없는 벽서클의 동인지.

아무리 정치적으로는 관계가 좋지 않은 국가들도 경제적으로는 협력하는 것처럼, 우리는 냉철하면서도 빈번하게 무역을 시작했다.

　그리고 토요가사키 학원에 입학하고 1년이 흐른 후…….
　서클을 만들기로 결심했을 때, 아무리 골머리를 싸매도 원화가 후보 쪽에서 에리리 이상의 인재가 떠오르지 않는다는 혹독한 현실에 직면하고 만 나는…….
　지금까지 곪을 대로 곪은 응어리에서 고개를 돌리고, 엄청난 용기와 인내와 타협을 총동원한 끝에 내가 아는 이들 중에서 가장 뛰어난 원화가에게 고개를 숙였다.
　……그때 내가 마음속으로 무엇을 향해 고개를 숙였는지는 지금도 확실치 않았다.

　하지만 뭐, 그런 어중간한 관계는 별 것 아닌 계기로 순식간에 파탄 나고 말았다.
　여름 코믹마켓에서 사소한 일로 충돌한 우리는 결국 거짓된 평화를 파기하고, 진정한 전쟁에 돌입하고 말았다.
　그것은 근 10년 동안 한 적 없는, 우리의 정체성을 건 처절한 싸움이었다.
　우리의 그동안 쌓일 대로 쌓인 채 곪아가고 있던 마음이 시키는 대로 바보처럼 분노하고, 매도하며, 울음을 터뜨렸다.
　……그것은 초등학교 1학년 때 했으면 좋았을 거라는 생각이 들 만큼, 저속하고 한심한 싸움이었다.

결국, 우리는 그 후에 화해하지 않았다.

에리리가 사과하지 않았기에, 나도 사과하지 않았다.

하지만, 그 후로 우리는 아주 조금이지만 변했다.

그렇다. 그것이 지금의, 우리다.

※　※　※

"……저기, 윤리 군."

"이, 인마! 티켓 안 주는 거야 그렇다 쳐도, 인사하러 가도 책 안 줄 생각이냐?! 그건 너무하지 않아?!"

"그거야 항상 줄 서가면서 책을 사주는 일반 참가자 팬들을 우선하는 게 당연하잖아. 그리고 너한테 책을 줘봤자…… 나한테 생기는 게 없다구. 교환할 책이 있는 것도 아니고, 아무리 친구라도 내 책을 줄 생각은 없어."

"……윤리……!"

"너어~! 해서는 안 되는 소리를…… 서, 선배, 왜 그래요?"

마음속으로 감상에 젖은 내가 그런 티를 눈곱만큼도 내지 않으면서 에리리와 뜨거운 말싸움을 벌이고 있을 때……

그 열기를 순식간에 식힐 만큼 냉기로 가득 찬 데빌 보이스가 내 옆에서 뿜어져 나왔다.

"잠깐…… 너희 둘, 시끄럽게 떠들어대지 마. 지금이 한밤 중이라는 걸 잊은 거야?"

"아, 죄송……."

"아, 미안해요~ 카스미가오카 선배……. 저희 둘 다 선배 가 있다는 걸 새까맣게 잊어버렸네요~."

"……큭."

"에, 에리리……?"

우타하 선배에게 "주의"를 받은 내가 순순히 사과하려고 한 순간…….

꽤나 도발적이면서 호전적인, 그리고 악의로 가득 찼을 뿐만 아니라 엄~청 즐거워 보이는 목소리가 안 그래도 차 갑게 식은 이 공간을 꽁꽁 얼리고 말았다.

"하긴, 당신은 따지고 보면 순수한 오타쿠가 아니지. 문학 소녀(품)가 알아듣기에는 너무 "수준 높은 오타쿠 토크"였 나 보네~."

"착각하면 곤란해, 사와무라 양. 나는 그저 너희가 너무 떠들어댄 바람에 한밤중에 잠에서 깬 윤리 군의 가족들이 우리의 이 방 출입을 금지해서 게임 제작에 지장이 생길 수 도 있다는 점을 언급……."

"그런 걱정은 할 필요가 없다구. 나는 어릴 적부터 알고 지내서 잘 아는데, 토모야의 부모님은 방임주의에 매사에 대충인 사람들이란 말이야. 토모야, 내 말 맞지?"

"으, 응. 그렇기는 하지만……."

"……윤리 군. 고등학생이나 되어서 그렇게 보호자에게 어리광을 부리는 건 좀 그렇지 않아?"

"아, 예. 죄송……."

"내가 괜찮다면 괜찮은 줄 알아. 무슨 일 있으면 내가 사과할게. 사와무라 가와 아키 가의 친분을 생각하면 아저씨와 아주머니도 대범하게 넘어가주실 거야."

"에, 에, 에리리……?"

내가 "정론"을 펼치는 우타하 선배에게 이번에야말로 어른스럽게 순순히 사과하려고 한 순간…….

좀 전보다도 더 노골적으로 우월감과 야비함으로 가득 찬 말투와 목소리가 얼어붙은 이 공간에 금을 만들었다.

"……."

"……."

"저, 저기……?"

그리고 다음 순간, 우타하 선배가 원하던 대로 정적이 찾아왔다.

하지만 다툼의 원인이 사라졌는데도 두 사람은 목적과 수단이 바뀐 것처럼, 아니 의도적으로 바꾼 채 서로를 노려보았다.

그리고 내가 곧 시작될 명승부(?)에 가슴이 뛰고 있을 때…….

"휴우~ 잘 씻었네~. 다음 사람 목욕하고 오세요~."

그런 살벌한 인터넷 게시판…… 아니, 방에 느닷없이 허스키하면서도 느긋한 목소리가 울려 퍼졌다.

방문을 열고 안으로 들어온 그 목소리의 주인은 침대 위에 양반다리를 하고 앉더니 걸치고 있던 탱크톱의 가슴부분을 쥐고 몸을 식히고 있었다.

"휴우~ 더워……. 그래도 목욕했더니 개운하네~."

"……."

"……."

그런 물 흐르는 듯이 방약무인한 동작을 본 냉전 상태의 두 사람은 어이없다는 표정을 지으며 잠시 동안 침묵을 지키더니…….

"효, 효도 양……?!"

"잠깐잠깐잠깐! 너 복장이 그게 뭐야?!"

다시 입이 열린 그녀들은 목표를 변경해 공격을 재개했다.

느닷없이 이 방에 침입한…… 아니, 실은 합숙이 시작된 금요일 밤부터 계속 있었지만, 목욕하느라 자리를 비웠던 또 한 명의 서클 멤버에게 말이다.

"너, 너…… 하다못해 아래에 뭐라도 걸쳐."

"응~? 걸쳤는데? 팬티."

"그 위에 뭐 하나 더 걸치는 게 정상이잖아! 여기는 남의 집이란 말이야! 그리고 남자도 있다구!"

"으음~ 괜찮아~. 토모는 내 가족이거든~."

"……저기, 효도 양 『가족』과 『가족 같은 친척』 사이에는 결코 메울 수 없는 골이 존재한다는 건 알고 있어?"

"그, 그래! 너는 가족이 아니라 친척이잖아! 사촌이잖아! 그런 건 가족이 아냐! 뭣보다 사촌끼리는 결혼도 할 수 있…… 겨, 결, 혼……."

"……사와무라 양, 이제 그만 자기가 한 말 때문에 자멸하는 버릇 좀 고쳐."

독설 타입과 절규 타입에게 협공을 당하면서도 태연자약한 표정으로 느긋하게 쉬고 있는, 에리리보다도 안하무인에, 우타하 선배보다도 눈 둘 곳이 없는 이 여자아이의 이름은 효도 미치루.

방금 감아서 그런지 촉촉하게 젖은 쇼트헤어를 지닌 그녀는 살짝 위로 올라간 눈초리가 인상적인 미인이다. 손발 또한 길어서 몸매도 좋았다.

……하지만 검은색 탱크톱과 흰색 팬티 외에는 아무 것도 걸치지 않은(아마 브래지어도 안 했을 것이다) 상태에서 집 안을 돌아다니는 아줌마틱한 멘탈이 그런 점들을 다 말아먹고 있는, 확실히 피는 못 속이는 내 사촌이다.

"으음, 음악…… 어이, 미치루. 네 스태프 크레디트는 밋치면 되겠어?"

"아~ 영어로 부탁해. M·I·T·C·H·I·E야."

"앗, 토모야! 지금 저 애 쳐다보지 마!"

"걱정하지 마. 요즘은 미치루가 방에 들어오면 바로 안경을 벗거든."

저렇게 무방비한 모습에 익숙해졌다고나 할까, 이미 완벽한 대책을 세운 나는 희미하게 보이는 노트북 컴퓨터 화면을 쳐다보면서『사운드 : Mitchie』라고 입력했다.

"유, 윤리 군의 안경 벗은 버전……? 조, 좀 더 보여줘!"

"선배, 화면 가리지 마세요."

뭐, 우타하 선배가 좀 방해되지만 일단 제쳐두고…….

"이제와서 저렇게 흔해빠진 거에 낚이다니, 정말 한심하네."

그리고 아군 적군 가리지 않는 에리리의 독설 때문에 정신적·으로 대미지를 입기는 했지만, 그것도 일단 제쳐두기로 하고…….

엄청 무방비하고, 항상 에로하며, 항상 솔직한, 마음 편한 사촌 여자애, 효도 미치루.

하지만 이 녀석이 내 서클에 들어오게 하기 위해서는, 우선 가장 큰 장벽…… 오타쿠와 일반인의 대립을 뛰어넘어야만 했다…….

※　※　※

미치루는 이 세상에서 내가 부모님 다음으로 가장 오래 알고 지냈다고 해도 과언이 아닌 사람이다.

그것도 그럴 것이 태어난 날도, 태어난 병원도 같은 사촌이기 때문에다.

게다가 태어나서 한 동안은 나가노에 있는 본가에서 같이 자라기까지 했으니, 이 세상에서 나와 가장 인연이 깊은 상대라고도 할 수 있을 것이다.

하지만 요즘 들어서는 1년에 한두 번, 친척들이 모이는 자리에서나 보는 정도지만 말이다.

……이런 변명 같은 소리를 왜 하는 건지는 모르겠지만, 아무튼 그랬다.

뭐, 아무튼, 친척들 사이에서 가장 나이가 가까운 우리는 그런 짧은 시간 속에서 성별을 초월한 끈끈한 우정을 쌓았다.

……랄까, 솔직하게 말하자면 지나치게 끈끈했다.

털털한 성격 때문에 옛날부터 남자보다는 여자에게 더 인기가 있었던 미치루는 나이를 먹은 후에도 나에게 있어서는 여자라기보다 친구 같은 친척이라는 느낌이 강했다.

중학교 2학년이 되어서야 함께 목욕하는 것을 관뒀고, 한 방에서 같이 옷을 갈아입는 것은 중학교 3학년이 되어서야 관뒀다. 밀착계열 프로 레슬링 기술은…… 대체 언제가 되어야 관두려나?

하지만 나에게는, 나에게 거리낌 없이 다가오는 그녀와 마음속으로 거리를 두며 지냈던 시절이 있었다.

왜냐면 이 녀석은 내가 콤플렉스를 느낄 정도로 만능형 천재인 것이다.

어릴 적부터 운동과 문화예술 쪽에서 엄청난 재능을 발휘했다. 그리고 순식간에 정점에 선 그녀는 금방 질려하고 또 다른 취미에서 정점에 섰다. 평범한 인간이 『진짜 같이 못해 먹겠다』고 생각하게 만들 정도의 재능 덩어리였다.

미치루의 부모님은 그녀의 유일한 약점인 공부 때문에 그녀를 열등생 취급하지만, 나 같은 어린애의 가치관에서 본다면 미치루는 히어로이자 절대군주, 그리고 엄청난 질투의 대상이었다.

그리고 미치루는 현재 질리지도 않고 다음 취미로 밴드에 빠져 『icy tail』이라는 걸즈 밴드를 결성해 본격적인 활동을 시작했다.

오타쿠도 아니고, 리얼충에, 매사에 쉽게 질리는 그녀와 나 사이에 혈연관계 이외의 접점이 생길 리가 없다고 생각했다.

그렇다. 그녀의 기타 연주를 들을 때까지는 말이다…….

음악활동 때문에 부모님과 싸운 후, 내 방으로 굴러들어온 미치루는 내 심금을 울리는 기타 연주로 순식간에 나를 포로로 만들었다. 어디까지나 음악적으로 말이다.

　마침 그 즈음, 제작중인 게임의 음악 때문에 골머리를 썩이고 있던 나에게 있어 미치루는 기타를 들고 굴러들어온 복덩이…… 아니, 여신이었다.

　하지만 그 여신을 서클에 영입하려 한 내 앞에는 다른 멤버들을 끌어들일 때와 마찬가지로, 아니, 그 이상의 고난이 기다리고 있었다.

　그도 그럴 것이, 오타쿠에게 전혀 관심이 없던 미치루는 내 활동에도, 열의에도 전혀 관심을 보이지 않았던 것이다.

　그 뿐만 아니라 오타쿠가 아닌 이들의 전형적인 편견을 고스란히 가지고 있는 이 녀석은 거꾸로 오타쿠인 나를 리얼충으로 만들기 위해 설득 작전을 펼쳤다.

　이윽고 물러설 수 없는 지경까지 간 우리 두 사람은 각자의 밴드와 서클의 해산을 걸면서까지 오타쿠와 일반인의 종교 전쟁을 발발했다.

　그 후, 그런 우리의 격렬한 싸움에 느닷없이 드라마틱…… 아니, 입이 쩍 벌어질 정도의 반전이 발생했다.

미치루가 음악활동에 흥미를 가지고, 밴드를 만들게 된 계기가 된 동료들…….

『icy tail』의 멤버인 세 클래스메이트들이 사실 나와 비슷한 레벨의 오타쿠라는 엄청난 진실이 우리를 기다리고 있던 것이다.

결국 나는 그녀들의 힘까지 빌린 끝에, 서클의 음악담당 『Mitchie』와 주제가 담당 『icy tail』을 동시에 동료로 영입하는데 성공했다.

……그 탓에 미치루와 내 인연은 이제까지보다 더 이상한 방향으로 깊어지고 말았지만 말이다.

※　※　※

"자~ 그럼 나도 내 작업을 시작해볼까~."

"자, 잠깐, 효도 미치루! 너, 이런 한밤중에 기타를 치면 아저씨, 아줌마에게 폐가 될 거라구!"

"걱정하지 마~. 삼촌에게 이미 허락 받았어. 오늘은 집을 비울 거니까 얼마든지 떠들어도 된대."

"……입만 산 어딘가의 사와무라 양과 다르게, 효도 양은 진짜로 아키 가와 친분이 깊은 것 같네."

"으윽…… 카, 카스미가오카 우타하! 나를 공격할 여유가 있으면 이 애를 말리란 말이야~."

기타를 꺼낸 미치루는 앰프에 연결하더니 연주를 시작했다.

 에리리는 펜태블릿으로 작업을 계속 하면서도 쉴 새 없이 입을 놀려댔다.

 우타하 선배는 좀 전부터 테스트 플레이와 얼음장 같은 딴죽을 날리느라 여념이 없었다.

 항상 시끌벅적하지만, 그리고 언뜻 보기에는 꽤 사이가 나빠 보이지만…….

 그녀들이야말로 나의, 최강의 동료들이다.

 오늘도, 그리고 내일도, 나는 이 멤버들과 함께 앞으로 나아갈 것이다.

 겨울 코믹마켓이라는, 눈앞의 골을 향해…….

 나의 『최강의 미소녀게임을 만든다』고 하는, 누군가에게 있어서는 별것 아닌, 그리고 누군가에게 있어서는 당치도 않은 꿈을 실현하기 위해…….

 나는 그 맹세를 담아, 엔딩 크레디트의 마지막 줄에 이렇게 입력했다.

 『제작·저작 : blessing software』

 "다들, 야식 가지고 왔어~."

"윽?! 너, 널 깜빡한 건 아니라고, 카토!"

"아키 군, 갑자기 왜 그래?"

"아, 아무 것도 아냐……."

나는 약간 상기된 목소리로 그렇게 말하면서 방안으로 들어온 침입자(물론 금요일 밤부터, 이하 생략)를 맞이하며, 동요를 감추기 위해 엔딩 크레디트의 마지막 줄 바로 위에 은근슬쩍 한 줄을 추가했다.

『메인 히로인 : 카토 메구미』

아니, 이렇게 적은 후…….

『스크립트 : 아키 토모야, 카토 메구미』

……로 고쳤다.

"와아, 피자다! 기다리고 있었어~. 뱃가죽이 등에 붙을 지경이라구~."

"앗, 혼자서 반 판이나 차지하지 말라구!"

"괜찮아. 지금 한 판 더 굽고 있거든. 카스미가오카 선배도 한 조각 어떠세요?"

"나는 됐어. 한밤중에 그렇게 칼로리가 높은 건 좀 그래."

"아하~ 전체적으로 볼륨감 있는 사람은 여러모로 고생이네~."

"사와무라 양. 당신은 그 아무나 공격하고 보는 버릇만 고치면 적이 조금은 줄어들 거야."

이렇게 다들 시끌벅적하게 떠들어대기 시작하면 순식간에 주위에 매몰되고 마는, 존재감이 적은 키다리 아저씨…… 아니, 메인 히로인 카토 메구미.

동급생이자, 으음, 동급생인 여자아이.

그런, 뭐, 동급생인 이 녀석을 내 게임의 심벌 캐릭터로서 동료로 삼기 위해, 정말 별의별 우여곡절을…… 미안, 안 겪었어.

※　※　※

카토와는 올봄에 처음 만났다.

집 근처 가파른 언덕길에서, 모자가 바람에 날아가 멈춰 섰던 흰옷을 입은 여자아이.

그 광경과 시추에이션은, 나에게 장대한 드라마의 시작을 예감케 했다.

……하지만 그 후, 그때의 그 소녀가 사실 같은 반이었다, 라든가, 교실에서 몇 번이나 얼굴을 마주했는데도 전혀 알아보지 못했다든가, 서클에 들어오지 않겠냐고 물어봤을 때 별 고민 없이 바로 오케이했다, 같은 시원찮은 에피소드는 셀 수도 없이 많다.

※　※　※

"자, 아키 군. 타바스코 뿌려줄까?"

"응. 부탁해. 반 통 정도 뿌려줘."

"……냉장고 안에 타바스코 소스가 다섯 통이나 있는 건 그래서구나."

아니, 다른 아이에 비해 이야기할 내용이 적은 것에는 별다른 뜻이 없다고.

알고 지낸 기간이 반 년 밖에 안 되잖아.

게다가 그 반 년 동안 이런저런 일이 있기는 했지만, 본인의 성격이나 캐릭터성 같은 오타쿠에게 있어 중요한 주목포인트가 너무 약하다고나 할까, 3차원적으로 너무 평범하다고나 할까…….

"그런데 아키 군. 어디까지 작업했어?"

"일단 엔딩은 완성됐어."

"와아~ 드디어 끝이 보이기 시작한 거네."

"응. 그래. ……맞아, 대형 모니터로 한 번 볼래?"

"응. 보여줘."

하지만 현실세계의 총아라고 할 수 할 수 있는 카토는 가상세계의 총아를 자칭하는 나를, 사실 누구보다도 자연스럽게 대하고 있었다.

그런 평범함 속에서 때때로 보이는, 3차원의 혹독한 현실을 잊게 해줄 만큼 이용해 먹기 딱 좋은 점…… 아니, 상냥함이 기분 좋았고…….

그녀의 멍한 태도가 자아내는, 내성적인 오타쿠에게 용기를 불어넣어는 저난이도…… 아니, 솔직함이 기뻤다.

그래서 이 말만은 할 수 있다.

이런 『아무래도 상관없는 미소녀』는 둘도 없을 거라고 말이다.

……둘도 없을 거라면, 좀 더 캐릭터성이 살아도 되지 않을까 하는 생각이 들었지만, 그건 일단 제쳐두겠다.

"겨울 코믹마켓이 정말 기대돼."

"그래……."

겨울 코믹마켓까지 남은 기간은 약 한 달.

납기 기한까지 남은 기간은 겨우 일주일.

좋든 싫든, 우리에게 남은 시간은 그것밖에 되지 않는다.

하지만 우리는 이 한정된 시간을 한탄하지 않고, 그저 최선을 다해 일러스트를 그리고, 스토리를 쓰고, 음악을 연주…….

"어라?"

"응?"

"앗."

"어⋯⋯."

"으응~?"

　내가 대형 액정 모니터의 전원을 켠 순간, 이 방안에 있는 이들의 입에서 얼빠진 목소리가 흘러나왔다.

　아니, 그것은 어디까지나 결과에 불과했다. 문제는 그들이 그런 반응을 보인 이유다⋯⋯.

"⋯⋯아키 군, 전기가 나간 것 같은데?"

"어, 어⋯⋯?"

"토, 토모야⋯⋯. 이거⋯⋯."

"혹시⋯⋯ 누전차단기가⋯⋯?"

"아~ 내려간 거 같네."

　어둠에 둘러싸인 방안에서 주마등처럼 떠오른 것은 현재의 전기 이용 상황이었다.

　난방기기에 펜태블릿, 컴퓨터 몇 대, 앰프에 대형 모니터⋯.

　그리고 아래층의 주방에서는 전자레인지가 가동 중⋯⋯.

"혹시⋯⋯ 데이터, 날아갔어?"

"끄아아아아아아아아아아아~~~!!!"

겨울 코믹마켓까지 남은 기간은 약 한 달.

납기 기한까지 남은 기간은 겨우 일주일.

좋든 싫든, 우리에게 남은 시간은 그것밖에 되지 않는다.

하지만 우리는 이 한정된 시간을…… 저기, 죄송한데 역시 좀 울어도 될까요?

※　※　※

같은 날, 같은 시각, 별개의 장소.

"저기, 오빠."

"응? 왜? 이즈미."

"나 왠지, 이 세상에게 버림받은 것 같은 느낌이 들어……. 나 같은 애가 존재하는 의미가 있긴 한 걸까?"

"……아무리 겨울 코믹마켓이 코앞이라 바빠 죽을 것 같다고 해도, 그렇게까지 정신적으로 궁지에 몰릴 필요는 없다고 생각하는데 말이야."

(최초 수록 : 드래곤매거진 2014년 1월호)

제 **5.7**화

시원찮은
좌담회를
진행하는 방법

Saenai heroine no sodate-kata FD

동인 게임에는, 아니, 대다수의 상업 게임에도 해당되지만, 게임 본편 이외에도 유저들을 즐겁게 해주자는 서비스 정신에 입각해 만들어진, 이른바『덤 모드』라는 것이 존재한다.

예를 들면 게임에 등장한 그림을 언제든지 볼 수 있는 CG모드, 게임에 삽입된 음악을 언제든지 들을 수 있는 BGM모드, 그리고 각종 씬을 다시 접할 수 있는 장면 리플레이……는 특정 연령 등급에서만 볼 수 있는 모드이기에 여기서는 생략하기로 한다.

아무튼, 게임 본편의 소재를 재이용한, 말 그대로 덤 같은 것도 있는가 하면, 추가 시나리오나 미니 게임, 새로운 텍스트와 그림 등의 소재를 이용해 자신의 파트를 끝내고 쓰러진 스태프에게 한층 더 부담을 얹어주고, 우선순위가 역전되어서『덤은 최고지만 본편은……』같은 야유를 듣게 되는 민폐…… 아니, 충실한 덤도 존재한다.

그런 덤으로써 수록되는 콘텐츠 중에는 캐릭터 좌담회라는 것이 존재한다.

말 그대로 해당 작품에 등장한 캐릭터가 한자리에 모여

본편에 대한 해설이나 감상을 이야기하는 메타적 구조를 지닌 내용이며, 덤 중에서 인기가 좋은 콘텐츠다.

하지만 인기가 좋은 만큼, 그 리턴에 걸맞은 높은 리스크가 존재하는 것 또한 진리……

그리고 여기에, 그런 하이 리스크에 하이 리턴인 덤 콘텐츠에 과감하게 도전한 동인 작품이 있다.

그렇다. 바로 우리 「blessing software」의 처녀작인 『cherry blessing』이다.

※　※　※

【키라리】「다들, 준비 됐지? 그럼 하나~ 둘~ 셋~」

【전원】「올 클리어, 축하합니다~!」

【미하루】「이야~, 진짜 수고했어요~!」

【카호】「정말, 완전히 지쳤어. 특히 라스트 언저리에서 죽을 뻔 했지, 타임슬립 했지, 그걸로 모자라 이미지 씬에서는 알몸으로 나왔지 뭐야. 진짜 지긋지긋해」

【키라리】「넌 전혀 눈에 안 띄지도 않았잖아! 별거 하지도

않았으면서 뭘 피곤한 척 하는 거야?」

【카호】「그러는 당신도 비중이 나랑 비슷한 졸개 캐릭터이지 않아? 카와무라 양」

【메구리】「저, 저기……. 그런 푸념 대회 같은 건 자기소개가 끝난 후에 해도 되지 않을까?」

【미하루】「아아~ 혼자 눈에 왕창 띄어댔던 애가 잘난 척 하고 있어~」

※　※　※

"……저기, 아키 군."

"왜?"

"딴죽 걸 곳이 많아서 그러는데 하나씩 물어봐도 돼?"

"……카토, 지금은 입보다 손을 놀려."

천사가 사라지고, 스승도 달리기 시작하는 12월에 들어선, "이제 올해도 끝났네!" 하고 세간에서 떠들어대는 초겨울.

겨울 방학까지, 겨울 코믹마켓까지 3주 앞둔, 어느 주말의 밤…….

"그럼 손을 놀리면서 물어볼게. 이 작업, 이제 와서 꼭 해야 하는 거야?"

"네가 무슨 말이 하고 싶은 건지 모르는 건 아냐. 하지만 카토, 우리에게는 시간이 없어. 지금은 쓸데없는 의논을 할 시간이 없다고."

"으음, 시간이 없는데 왜 작업을 늘린 거야? 아직 본편도 완성하지 못했잖아."

"쓸데없는 의논을 할 시간은 없다고 내가 방금 말했잖아?!"

이제 거의 일과가 되어버린, 심야의 『은밀한 거사』를 한창 치르고 있는 와중에, 죽은 생선 같은 눈으로 키보드를 두 들기며 그런 소극적인 질문을 던진 이는 우리 「blessing software」의 중요 인물, 메인 히로인 담당, 실질적인 서브 스크립터, 카토 메구미.

요즘 들어 포니테일이었던 헤어스타일을 흑발 롱 헤어로 바꾼 후에도 변함없이 우리 집에서 밤샘을 해가면서 부지런히 게임 제작을 하고 있는 개발자 정신이 넘치는 여자애다.

"이 『캐릭터 좌담회』라는 거, 정말 필요한 거야?"

"무슨 소리를 하는 거야. 동인 게임에서 덤 모드가 꼭 들어간다는 건 상식 중의 상식이라고."

그런 카토와 내가 지금 하고 있는 것은 우리가 한창 개발 중인 타이틀 『cherry blessing』 게임 본편 제작 작업이 아니다.

게임을 전부 플레이한 후에 비로소 메뉴에 표시되는 『엑스트라 모드』 안의 『수고했어요 파티』라는 덤 시나리오를 만들고 있는 것이다.

내용은…… 뭐, 방금 우리가 입력한 텍스트를 참고해줬으면 한다.

"하지만 다들 본편과는 분위기가 다르지 않아? 캐릭터의 이미지가 무너질 것 같은데?"

카토의 말대로 이 시나리오는 몇 백년간의 인연과 애증, 그리고 음모를 그린 시리어스한 본편과는 전혀 느낌이 달랐다. 캐릭터들의 분위기도 가볍고 느긋했다. 마치 전원이 격렬한 싸움 끝에 산소결핍증에 걸리기라도 한 것처럼 경박함이 흘러 넘쳤다.

그도 그럴 것이 이 시나리오의 집필 기간은 겨우 하루다.

수개월에 걸친 본편 시나리오의 집필 작업을 겨우 끝내고 빈껍데기가 되고 만 우타하 선배가 "내일까지 뚝딱 써주지 않겠어요?"라는 내 눈치코치 없는 의뢰를 듣고 엄청 열 받은 상태에서 격렬한 성ㅇ롱을 해대면서 순식간에 써낸 보물 같은 원고인 것이다.

……당시의 우타하 선배가 선보인 험악한 분위기와 행위는 두 번 다시 떠올리고 싶지 않다.

뭐, 아무튼…….

"무슨 소리 하는 거야, 카토. 바로 그 갭을 노리는 거라고!"

그렇다. 이 갭이야 말로 내가 원하는 『엑스트라』다.

본편에서는 시리어스 일변도였던 캐릭터가 이렇게 덤 콘텐츠에서 전혀 다른 측면을 보여주는 것이다. 그 갭과 코미디 요소에 팬이 주목하면서 예상했던 것 이상의 인기를 얻는 패턴은 얼마든지 존재한다. 그 예가 네코아ㅇ크나 타ㅇ거 도장 같은 것이다(신작을 고대하고 있습니다).

"하지만 까딱 잘못하면 작품 전체를 망칠 수도 있지 않아?"

"그렇게 되지 않도록 잘 연출하는 게 우리의 사명이라고 내가 말했잖아!"

그러나 며칠간에 걸친 스크립트 작업에 끝이 보이면서 서서히 빈껍데기가 되어 가던 카토의 무기력한 한 마디에는 진리가 담겨 있었다.

캐릭터가 작품에서 벗어나, 메타적인 시점에서 본인들에 대해 이야기하는 것은 까딱 잘못하면 썰렁하다, 불쌍하다, 재미없다, 같은 소리가 유저 입에서 나오게 할 수도 있다. 그리고 제작자와 유저는 괜한 짓했다는 느낌만 받게 하는 사태가 벌어질 수도 있는 것이다.

그렇기 때문에 이 시나리오에는 신중하게 접근할 필요가 있다.

아니, 진짜로 엄청 신경 써가면서 만들고 있으니까 유저 여러분도 넓은 마음으로 지켜봐주셨으면 한다는 것이 솔직한 본심이다. 진짜로 부탁드립니다…….

※　※　※

【키라리】「그럼, 나부터 자기소개를 할게……. 나는 카와무라 스파이더 키라리. 아빠는 외무성에서 일하고 있고, 엄마는 프랑스인 전업 주부야. 취미는 그림 그리기. 주인공인 세이지와는, 뭐, 초등학생 때부터 이어져온 악연이랄까, 10년 동안 계속 함께 지냈던 사이라고나 할까……」

【카호】「그런 관계로는 메인 히로인이 될 수 없을 거야. 정말 불쌍하네. 완벽한 패배자 속성이잖아」

【미하루】「그리고 10년 정도로 악연이라고 생각하는 것 자체가 오버야~. 태어난 순간부터 세이의 곁에 있었던 여자애도 있는데 말이야~」

【키라리】「남의 자기소개에 일일이 딴죽 날리지 마! 나에 대해 가장 잘 아는 사람은 바로 나 자신이란 말이야!」

【카호】「자, 그럼 다음은 내 차례네. 히바리가오카 카호.

다른 애들보다 한 살 연상인 고등학교 3학년이야. 성격은 조용한 편이고, 1학년 때부터 도서위원을 맡았어. 그리고 후배인 성실 군이 이런저런 이유를 대며 도서실에 매일같이 얼굴을 비추게 되면서부터 친해졌달까」

【미하루】「그 "성실 군"이라는 이상한 호칭을 쓰는 것부터가 애처롭네~. 아줌마의 콤플렉스가 그냥 드러나는 것 같다구~」

【키라리】「그리고, 뭐? 자기가 조용한 성격? 하긴, 음험하다고 대놓고 말할 수는 없으니까. 역시 성격과 머리 색깔이 시꺼먼 도서위원은 뭐가 달라도 다르다니깐」

【카호】「……남의 자기소개에 딴죽을 날리지 말라고 말한 건 어디 사는 패배자 금발 트윈 테일이었더라?」

【미하루】「그럼 다음은 나! 나는 엔도 미하루! 세이와는 사촌 지간이고, 생일도 같아~. 세이가 어릴 적에 이사를 간 바람에 떨어져 지내게 됐지만, 올봄에 돌아온 덕분에 다시 한 지붕 밑에서 살게 됐어~」

【카호】「한 지붕 밑에서 살고, 게다가 얇은 옷차림으로 유

혹해대는 관계로는 메인 히로인이 이하 생략」

【키라리】「10년 넘게 떨어져 살아놓고, 이제 와서 소꿉친구인 척 하는 것 자체가 오버 이하 생략」

【미하루】「남자를 쫓아 전학까지 가는 스토커 여자에게 그런 소리 듣고 싶지 않아~!」

【메구리】「아, 으음. 마지막은 나지? 카노 메구리라고 해요. 이 마을에서 태어나서 자란 평범한 고교생이에요. 공부도 운동도 딱히 잘하지는 않고, 다른 사람들처럼 눈에 띄지도 않고, 세이지 군에 대해서도 전학 오기 전까지는 알지 못했지만……」

【키라리】「전생으로 엮인 애들 사이에 어떻게 끼어드냐구!」

【카호】「치트라는 게 어떤 건지 통감했어」

【미하루】「태어날 때부터가 아니라, 태어나기 전부터 인연이 있었던 거잖아~」

【키라리】「게다가 평소에는 엄청 수수한 졸개 캐릭터인 애

가 설정 하나 때문에 메인 히로인이 된다는 게 납득이 안 돼!」

【카호】「성실 군이 카노 양 쪽으로 기우는 것 자체에서도 작위적인 무언가가 느껴져. 설정에 묶인 것 같다고나 할까……」

【미하루】「아~. 나도 그건 느꼈어. 카노한테는 전생의 인연 외에는 아~무 것도 없잖아. 캐릭터성도 없고 말이야」

【메구리】「어, 어라? 왜 나한테만 악담을 두 번씩 하는 거야……?」

【키라리】「에잇, 두 번으로 모자라면 한 번 더 해주겠어!」

※　※　※

"……저기, 아키 군."
"……입 놀리지 말고 작업이나 해. 아니, 해주세요."
스크립트 작업을 또 중단한 카토는 지칠 대로 지친 눈으로 나를 쳐다보았다.
"이제 와서 이런 걸 묻는 것도 좀 그렇지만 말이야."

"그렇게 생각한다면 묻지 마. 아니, 묻지 말아 주시겠어요?"

피로 때문에 충혈된 그녀의 눈동자 안쪽에는 말로 형용할 수 없는 무언가가 존재했다.

"이 게임의 히로인들 말인데, 왜 이렇게 어디서 본 적이 있는 느낌이 들까?"

"말 잘했어, 카토! 원래 이 게임은 너를 모든 이들의 가슴을 두근거리게 하는 메인 히로인으로 만드는 것이 목적……."

"그게 일반인이 이해하기에는 벅찬 목적이라는 건 일단 제쳐둘게. 내가 말하고 싶은 게 그런 게 아니라는 건 아키(메인이) 군도 실은 알고 있지?"

"예……."

아마 지금까지는 눈코 뜰 새 없을 만큼 바쁜 스케줄과 수면부족, 그리고 끓어오르는 열정 때문에 이 설정의 위화감을 못 본 척 했으리라.

하지만 이제 본편이 거의 다 완성되고, 이렇게 캐릭터들의 일상적인 대화를 접하자, 아무래도…….

"소꿉친구 츤데레 금발 트윈 테일"

"능구렁이 음험 흑발 롱헤어 선배"

"오래간만에 재회한 무방비 에로스 계열 사촌"

"……서브 히로인의 설정에 관해서는 시나리오라이터인 우타하 선배에게 물어봐. 아니, 물어봐 주세요."

"오케이한 사람은 아키 군이잖아. 최종결정권을 지닌 건 디렉터 겸 프로듀서 아냐?"

"이렇게 티나게 만들 줄은 몰랐단 말이야!"

뭐, 개성을 참고한 것은 알고 있었지만, 이제 와서 보니 본편의 시리어스한 전개로 이 점들을 숨겼다는 사실을 인정할 수밖에 없었다.

우타하 선배…… 당신이라는 사람은~!

※　※　※

【미하루】「그리고 말이야. 메인 루트인 카노의 시나리오하고는 다르게 우리 시나리오는 대충 만든 느낌이 팍팍 나지 않아?」

【카호】「맞아. 애초에 이야기 전체를 관통하는 수수께끼도 명확하게 풀지 않은 채『평소와 다름없는, 하지만 아주 약간 행복한 일상이 돌아왔다』같은 식으로 정리해버리면 어떻게 납득하라는 걸까?」

【키라리】「게다가 우리는 엔딩 후에 어떻게 되는 거냐구……. 적도 아직 쓰러뜨리지 않았으니까 나중에 또 나타날 수도 있잖아!」

【미하루】「뭐랄까, 앞날이 불투명한 만큼, 솔직하게 행복을 받아들일 수 없다고나 할까~」

【카호】「뭐, 이게 다 성실 군이 얼간이라서 그런 거지만 말이야」

【키라리】「……그 녀석, 메구리 루트에서만 죽을 힘을 다한다구」

【미하루】「우리 루트는 세이가 과거로부터 눈을 돌리고 『도망치는』 이야기로 끝나잖아~」

※　※　※

"…………"

"으~음, 아키 군. 혹시 할 말 있어?"

"비난 받고 있는 건 세이지니까 나랑은 상관없다고!"

※　※　※

【카호】「……뭐, 뭐어, 우리한테로 도망치는 성실 군을 받아주는 시추에이션도 나쁘지는 않다고 봐」

【키라리】「으, 응……. 동감이야. 함께 방에 틀어박혀서, 하루 종일 게임을 하거나 애니메이션을 보면 정말 기분 최고일 거야」

【미하루】「아~ 그거 좋네! 하루 종일 침대 안에서 데굴거리는 거야~. 자다가 일어나면 웃으면서 꼭 끌어안는 거지~!」

【키라리】「잠깐! 연령 등급 좀 생각해! 이건 에로게임이 아니라 일반 게임이라구!」

【카호】「이래서 망상과 현실을 구별 못하는 리얼충은……」

【미하루】「……저기, 너희가 지금 하는 말들이 얼마나 모순되는지는 알고 있는 거지?」

※　※　※

"…………."

"어이, 카토. 내가 없을 때, 서클 멤버들끼리 나누는 대화 말인데……."

"지금 얘들은 얼간이에, 전심전력을 다하지 않을 뿐만 아니라 도망만 쳐대는 주인공인 세이지 군에 대해 거론하고 있는 거라고 생각하는데, 아키 군 생각은 어때?"

"동감입니다요~."

※　※　※

【메구리】「으음, 아직 이야기가 끝나지 않았지만, 슬슬 마무리하도록 할까?」

【키라리】「……무슨 소리 하는 거야, 메구리. 아직 할 말이 남았다구」

【메구리】「으, 으음~. 하지만 다들 좀 전부터 서로의 발목만 잡아당기고 있잖아. 사이좋게 수다를 떨면 몰라도……」

【미하루】「걱정하지 마! 우리가 일치단결해서 사이좋게 수다를 떨 화제가 남아있거든!」

【메구리】「그, 그게 뭔데……?」

【카호】「카노 양, 바로 당신에 대해서야」

【메구리】「……예?」

【미하루】「아까부터 전혀 우리 대화에 끼어들지 않고 있었잖아. 너도 슬슬 본격적으로 입을 열어도 될 것 같은데~?」

【메구리】「으, 으음~. 그래도 나는 본편 대사량이 많았잖아. 그러니까 이런 곳에서까지 이야기할 필요는……」

【키라리】「그거! 메구리의 그런 점에 대해서 이야기하자구!」

【메구리】「그, 그런 점?」

【키라리】「평소 메구리는 수수하고 눈에 잘 띄지 않는데다, 항상 좋은 사람인 척 하잖아. 하지만…… 실은 남들을 내려다보고 경향이 있고, 은근슬쩍 독설을 하는데다…… 속도 완전 새까매」

【메구리】「……키라리?」

【카호】「그래. 정말 새까맣지. ……그보다 뭐랄까, 속으로 무슨 생각을 하고 있는지도 알 수 없어」

【메구리】「……히바리가오카 선배한테 그런 말을 듣게 될 줄은 생각도 못했어요」

【미하루】「어느새 세이와 러브러브한 사이가 됐잖아~. 이 블랙 포니테일은 가장 빈틈을 보이지 않는 상대라니깐」

【메구리】「어? 어? 다들 나를 그렇게 생각했던 거야?」

※　※　※

"……."
"으, 으음, 카토. 혹시 할 말 없어……?"
"으, 으음, 지금 거론되고 있는 건 메구리잖아."
"하지만 카토, 원래 이 게임은 너를 모든 이들의 가슴을 두근거리게 하는 메인 히로인으로 만드는 것이 목적……."
"……."
"아……."

아까까지 생기가 돌아오고 있던 카토의 눈이 또 죽은 동태 눈깔로 되돌아갔다.

뭐, 차분하게 생각해보면 며칠 동안 매달렸던 작업이 겨우 끝나갈 즈음에 또 다른 일거리가 생긴데다, 그 일거리의 내용이 요 모양 요 꼴이니 이런 반응을 보이는 것도 무리는 아니다.

정말, 내 소중한 서클 멤버에게 이런 악독한 짓을 한 악마 디렉터는 대체 누구…… 아냐, 정말 미안해.

"그렇구나. 나, 속이 시꺼면 애구나……. 다들 그렇게 생각하고 있구나……."

"자, 잠깐만! 이건 메구리의 설정이라고!"

"하지만 히로인 설정은 카스미가오카 선배에게 맡겼다고 방금……."

"오케이한 사람은 나야! 최종결정권은 나한테 있다고! 그리고 이 부분은 게임 오리지널 설정으로 가자고 내가 지시했어!"

물론 메구리가 실은 속이 시꺼면 애라는 뒷설정은 지시한 적은 고사하고 들은 적도 없지만, 여기선 내가 짊어져야 마땅했다.

이 덤 시나리오를 이번 주말 안에 게임에 추가하기 위해서는, 카토가 여기서 탈락해서는 곤란하다고…….

"자, 마음 좀 진정시키고 계속하자, 카토……. 조금 더 진행해보면 분명 다른 애들이 메구리를 감싸줄 거야!"

"아키 군……."

그렇게 나는 카토를 격려하면서 다시 화면을 쳐다보았다.

카토도 마지못해 납득했는지 가볍게 눈가를 문지르고 기합을 넣은 후, 다시 스크립트 에디트 화면을 펼쳤다.

하지만 방금 내 임기응변은 완전 미스였다.

아니, 아주 약간 배려가 부족했다.

작업을 재개하기 전에, 한 번이라도 텍스트를 끝까지 읽어봤어야 했던 것이다……

※　※　※

【에리리】「전에 로쿠텐바 몰에서 말이야. 메구미와 "우연히" 만난 적이 있어. 토모야……가 아니라 누군가와 데이트하다 버려진 직후였던 것 같은데, 목소리와 말투는 평소와 똑같더라구. 그런데 표정은 엄청 무시무시하지 뭐야……. 그때 깨달았어. 메구미가 말과 생각이 다른 애라는 걸 말이야」

【우타하】「이건 들은 이야기인데, 나와 윤리…… 누구누구 씨의 인터뷰 음성을 문서화하는 작업을 할 때, 함께 작업하고 있던 누구누구 씨를 엄청 괴롭혔대. 아무래도 그 인터뷰

에 참가했던 두 사람의 사이가 너무 좋아서 그랬던 것 같아. ……아무렇지 않은 얼굴로 인정사정없이 남을 괴롭히는 사람은 정말 무서워」

【미치루】「카토는 나와 마찬가지로 일반인이잖아? 그런데도 오타쿠에게 관용적이랄까, 오타쿠를 이해하고 있다는 걸 항상 어필해. 그런 점이 토모……가 아니라 오타쿠에게 먹히는 것 같아. 이야, 정말 끝내주는 책략가라니깐~」

【이즈미】「애초에 메구미 씨가 『눈에 띄지 않는다』든가, 『캐릭터성이 없다』 같은 이유로 토모야 선…… 어디 사는 선배에게 관심을 받는다는 게 납득이 안 돼요. 저보다 훨씬 눈에 띄면서!」

【메구미】「어? 이즈미 양? 이즈미 양이 어째서 여기 나온 거야? 그것보다, 게임 본편에 나왔었어?」

【이즈미】「나왔어요! 복도 배경 CG에서 왼쪽 편에 있잖아요~. ……우엥, 역시 저는 눈에 안 띄는 애예요~. 그저 한낱 배경 캐릭터라고요오오~」

【미치루】「아~ 울렸어~」

【우타하】「역시 비아냥거림 하나는 시원스레 하는 히로인, 카토 양이네」

【메구미】「미, 미안해……?」

　　　　　　※　　※　　※

"……."

"아, 아니. 이 설정은 게임 캐릭터의……."

"카토라고 되어 있어. 메구미라고 불리고 있어……."

우타하 선배, 대체 왜 이제 와서 느닷없이 캐릭터명 표기가 바뀐 겁니까요…….

"아, 아하하! 이렇게 놀림 당한다는 건 그만큼 사랑받고 있다는 증거가 아닐까?"

"이런 성가신 사랑은 필요 없어……."

"하, 하하, 하……."

여자들의 대화는 무시무시하네…….

　　　　　　※　　※　　※

【카호】「자아, 카노 양. 이렇게 많은 상황증거가 있는데도

계속 발뺌할 거야?」

【메구리】「……」

【키라리】「이제 그만 인정해. 메구리가 속이 시꺼매도, 비아냥을 잘해도, 책략가라도, 절교는 하지 않을게」

【미하루】「그런 심한 말을 들었으니 카노 쪽에서 절교하고 싶을 것 같은데?」

【메구리】「……후」

【키라리】「……메구리?」

【메구리】「후, 후후, 후후후……」

【미하루】「어, 어라. 저기…… 카노?」

【카호】「드디어 본성을 드러내는 거야……?」

【?리】「정말~ 요즘 젊은 애들은 질투가 심하고 예의를 모르네요」

【키라리】「어, 어라? 이건 본성이라기보다……」

【루리】「꺄아~ 꺄아~ 정말 시끄럽네요……. 루리의 오라버니에게 엉겨 붙으려고 모인 패배자들 주제에……」

【미하루】「어느새 포니테일도 풀었어~?!」

【카호】「서, 설마, 드러난 건 본성이 아니라 얀데레 여동생이라는 결말인거야?」

【루리】「좀 전부터 조용히 듣고 있자니, 정말 멋대로 지껄여대네요……. 그렇게 저를 악당으로 만들고 싶은 거라면 어쩔 수 없죠. 원하시는 대로, 모든 수단을 동원해 당신들 전원을 박살내 주겠어요. 당신들, 앞으로는 언제 어느 때라도 혼자 있지 않는 편이 좋을 거예요……」

【키라리】「야, 같은 얀데레로서 어떻게 좀 해봐, 히바리가오카 카호!」

_{둘 다 망해라}

【카호】「시, 싫어. 말도 안 통하는데다 진짜로 흉기 꺼내들 것 같은 진짜배기와 똑같이 취급하지 마」

【미하루】「이래서 머리만 쓸 줄 애들은 성가시다니깐~. 별거 아닌 일 가지고 앙심을 품어대잖아~!」

【루리】「후, 후후, 후후후후후……」

※　※　※

"수, 수고했어."

"…………."

덤 시나리오의 모든 텍스트를 읽은 카토는 온몸의 힘을 전부 빼앗긴 것처럼 그대로 테이블에 엎어졌다.

"이, 이야~ 그것보다 마지막은 정말 예상치도 못한 결말이었어. 그치?"

"……내가 원해서 이런 헤어스타일을 하고 있는 게 아닌데~."

"으, 응."

카토는 테이블에 엎드린 채, 어느새 꽤나 자란 얀데레 루리처럼 흑발 롱헤어가 된 자신의 머리카락을 만지작거렸다.

"역시 다들 나를 이렇게 생각하는 거구나……."

"아니, 그렇지는 않다고 생각해. 이 시나리오를 쓴 누구씨를 제외하고 말이야."

우타하 선배, 혹시 카토와 요새 무슨 일 있었어요⋯⋯?

"나, 그렇게 알기 힘든 애야?"

"카토⋯⋯."

"그렇게 속마음이 보이지 않아? 그렇게 다른 꿍꿍이가 있는 것처럼 보이는 거야?"

그 푸념 섞인 고백은 단순히 졸음과 피로에서 비롯된 것일지도 모른다.

내일이 되면 전부 웃으면서 떨쳐낼 수 있을지도 모른다.

"모두에게, 믿음을 주지 못하는 걸까⋯⋯."

하지만⋯⋯.

"확실히 나도 가끔 카토를 믿어도 되는 건지 확신이 서지 않을 때가 있어."

"뭐~? 아키 군도 그래? 정말, 대체 왜⋯⋯."

지금 카토의 고민이 아무리 바보 같아도, 어리석어 보여도, 단순한 푸념에 불과할지라도⋯⋯.

"그치만 넌 정말 이상한 애잖아. 너무 좋은 녀석이란 말이야."

"⋯⋯좋은 녀석?"

나는 지금 성실 군이어야⋯⋯ 아니, 성실해야 한다.

"카토는 매사에 이해득실 같은 걸 거의 따지지 않잖아."

억지 메인 히로인에, 나 때문에 오타쿠에 물들고, 게임 제작을 돕게 된 데다, 서클 멤버들까지 추스르고 있다.

"그래서 다들 너한테 다른 깊은 꿍꿍이가 있는 건 아닐까 하고 생각하고 있다고나 할까, 그런 식으로 생각하기 쉬운 것뿐이야."

"나는 그저 내가 하고 싶은 대로 하고 있는 것뿐이야."

그런 대사를 태연하게, 가식 없이, 그것도 멍하게 할 수 있을 만큼 카토는 욕심이 없다.

"그럼 앞으로도 지금 이대로 있어줘."

"다른 사람들에게 음험 캐릭터로 의심받으면서?"

"다들 의심하면서도 너를 의지하고 있다고."

그렇다면, 그런 바보의 모든 것을, 긍정해줄 수밖에 없다.

"확실히 너무 이용해먹기 좋아서 좀 미심쩍기는 하지만, 카토는 이제 이 서클에 없어서는 안 되는 존재야."

"방금 미심쩍다고 했어……."

"어쩔 수 없잖아. 사람들은 『우정은 대가를 원하지 않는 것』이라고 하지만, 그 뒤편에는 배신이나 기만이 만연하고 있으니까 말이야."

"아키 군한테 대가를 원하는 것 자체가 쓸데없는 짓이야."

"그럼 카토는 왜 여기에 있는 거야?"

"그야 아키 군이 여기 있으라고 했으니까."

"그래서 카토 너는 이용해먹기 좋다는 거야. 이래서야 상호의존이잖아."

"미안하지만 나, 얀데레는 아냐. 책략가보다도 가능성이 희박하다구."

루리와 꼭 닮은 얼굴과 헤어스타일을 지닌 카토는 퉁명한 목소리로 그렇게 말했다.

얀데레 여동생

"그래서 카토, 이제 어떻게 할 거야?"

"어떻게 하다니?"

이제 심야 두 시가 넘어간다.

『여자애는 슬슬 돌아가야 할』 시간대에서 한참 지난 후에야, 드디어 스크립트 작업이 끝났다.

"아니, 이 시나리오 말이야. 그냥 뺄까?"

"뭐~? 모처럼 고생해서 플레이 가능하게 만들었는데 지워버릴 거야?"

"아니, 하지만…… 괜찮겠어?"

"괜찮지는 않지만…… 그래도 역시 카스미가오카 선배가 쓴 시나리오는 재미있어."

"뭐, 그건 부정하지 않겠어."

본편의 시리어스한 분위기는 눈곱만큼도 존재하지 않는데다 모든 인물을 코미컬하게 그리는데도 아슬아슬하게 캐릭터성은 붕괴되지 않으며, 바보 같고, 온몸의 힘이 쫙 빠지게 하면서, 재미있다.

뭐, 마구마구 공격당하고 있는 카토…… 아니 메인 히로인 메구리 이외의 사람들에게는, 이라는 주석이 붙겠지만 말이다.

"하지만 고칠 부분이 조금 있다고 생각해."

"고치다니, 어딜?"

"그러니까 말이야. 너무 티 나는 내부 이야기는 좀 그런 거 같아."

"아, 메구리가 음험하다는 부분 말이구나?"

"……그건 내부 이야기가 아니라 개그니까 문제없다고 생각해."

"미, 미안."

또 다시 카토의 눈이 한순간 썩은 동태 눈깔로 변했다.

"메구리가 실은 성격이 나쁘다는 건 재미있으니까 괜찮아."

하지만 그것은 아주 잠시였다. 그 후엔 다시 평소의, 아니, 평소보다 더 생기에 찬 눈빛으로 카토는 말했다.

"뭐, 확실히 메구리는 본편에서 계속 시리어스만 담당했었지."

"하지만 우리의 본명이 나오는 부분이나, 실제로 있었던 일을 거론하는 부분은 게임을 플레이하는 사람들이 이해하지 못할 거야."

"뭐, 응. 그건 맞아."

"유저들이 알고 싶은 것은 히로인들의 숨겨진 얼굴이지,

모델이 된 사람들에 대한 것은 아니잖아."

"카토……."

카토는 뜨거운 목소리로 말했다.

이 게임을 향한 마음을. 덤 시나리오에 대한 진지한 평가를.

그리고 유저 시점에서 냉정하게 본 문제점을.

"우리도 즐길 수 있는 것을 만드는 건 좋지만, 우리″만″ 즐길 수 있는 것을 만들어선 안 된다……고, 아키 군이 전에 말했었지?"

그것은 디렉터가 해야 하는 발언과 생각이었다.

그리고 크리에이터와 유저의 중간에 존재하는 시점이었다.

"내부 이야기는 빼자. 하지만 루리가 속이 시꺼먼 애일지도 모른다는 부분은 남겨두는 거야. ……그런 방향으로 조정하는 거야."

원래 내가 찾아냈어야만 하는 답에, 그녀는 도달했다.

"……꽤나 뜯어고쳐야 할 것 같은데?"

"응. 아마 앞으로 두세 시간정도 걸리겠지?"

"그쯤이면 해가 뜰 거야."

"이제 와서 무슨 소리를 하는 거야, 아키 군."

그렇게 말한 카토는…… 역시 불가사의할 만큼 상냥한 표정을 지으며, 웃었다.

"좋아. 그럼 지금부터 수정작업을 시작하자, 카토!"

"오케이."

"시나리오 자체는 내가 수정할게. 카토는 내가 고친 텍스트를 스크립트에 반영해줘."

"그럼 나는 아키 군의 작업이 어느 정도 진행될 때까지 기다려야겠네. 그럼 그 사이에 야식이라도 만들어올게."

"고마워. 또 폐를 끼치게 됐네."

"괜찮아. 그것보다 아키 군은 시나리오 수정 작업에 힘써줘. 우리가 고친 바람에 재미없어지면 아무 의미도 없잖아."

"……아, 잠깐만."

"왜 그래?"

"이렇게 되면 내가 멋대로 시나리오를 고치게 되는 거잖아?"

"그야, 지금 우리 중에서 시나리오 쓸 수 있는 사람은 아키 군밖에 없잖아."

"……이건 우타하 선배의 문장을 내가 멋대로 고치게 되는 거지?"

"어쩔 수 없어. 카스미가오카 선배에게 일일이 확인받을 시간이 없잖아."

"하, 하지만 그래도 괜찮을까? 소설가는 자기 문장이 멋대로 뜯어고쳐지면 상당히 자존심에 상처를 받는다고 들었거든."

"아, 그거라면 걱정하지 않아도 돼. 아키 군."

"왜, 왜 카토가 그런 말을 하는 건데?"

"반드시 카스미가오카 선배한테 ″응″이라는 답변을 받아
줄게……. 왜냐면 그 사람은 나한테 빚이 꽤 있거든……."

"…………카토?"

그 순간, 카토가 가볍게 쓸어 올린 검은 머리카락이 마치
살아 움직이듯 찰랑……거린 듯한 느낌이 들었다.

■작가 후기

안녕하십니까, 마루토입니다.

이번 권은『시원찮은 그녀를 위한 육성방법』^{히로인} FD입니다.^{팬디스크} "너 이 자식, 6권을 그딴 식으로 끝내놓고 본편을 진행하지 않는 거냐?!" 같은 기존 독자 여러분의 원성이 들려오고 있습니다만, 저는 잘 살고 있습니다.

……솔직히 말씀드리자면 정말 죄송합니다. 실은 앞으로의 전개를 생각해두지 않…… 아니, 쓰려면 상당한 에너지가 필요할 것 같아서 우선 예전에 써뒀던 단편으로 모아 이렇게 발간했습니다. 용서해주십시오.

그리고 이 책을 통해 처음으로 "시원그녀"를 접한 독자 여러분께는…… 저기, 여러분의 책 읽는 방식에 문제가…… 아, 아무 것도 아닙니다. 죄송합니다.

자, 이번 권에 수록된 단편에 관해 이야기를 할까 합니다만, 원래는 본편을 한 권 낼 때마다 후일담 느낌으로 드래곤매거진에 게재한 작품입니다.

그래서 이번에 단편집을 내게 되면서 시간 순서에 맞추기 위해 각 편의 화수를 조절했습니다. 1.5화는 1권과 2권 사이의 이야기이며, 3.3화와 3.7화는 3권과 4권 사이의 이야 기라 생각해주시면 감사하겠습니다.

그건 그렇고, 이렇게 다시 단편들을 훑어보니, 등장하는 히로인이 한 쪽으로 편중된 것 같습니다. 메인 히로인 카토 메구미의 취급이 나쁜 거야 이제 공식이나 다름없지만, 3권 표지를 장식했던 이즈미 양의 취급이……. 언젠가 그녀를 위한 무대를 준비해야 하겠군요. 참고로 그녀가 소속된 서 클『rouge en rouge』를 무대로 한 동인 즉매회 미스터리 『서클 탐정 IORI』는…… 판타스틱 문고가 아니라 후지미 L 문고에 맞는 소재인데다 결국 눈에 띄는 건 그녀의 오빠겠 군요.

그럼 달음박질을 할 준비를 하며 고마운 분들에게 감사인 사를 드릴까 합니다(3페이지 예정이었는데 한 페이지 줄이 라는 연락이……).

미사키 씨, 매번 멋진 삽화와 아이디어를 주서서 감사합 니다. 그런데 그 결과, 드디어 본편뿐만 아니라 단편에서도 한 번도 등장하지 않은 사람이 표지를 장식하게 되었는데, 앞으로 어떻게 하죠?

하기와라 씨. 항상 제 억지를 들어주셔서…… 그것보다 요즘에는 저보다 더 바쁘신 것 같던데 몸은 괜찮으신지요. 아무리 바쁘셔도 스마트폰은 고장 내지 않도록 조심하세 요. 그리고 고장 난 스마트폰을 자랑하듯 남에게 보여주는 것도 그만하세요.

　그럼 다음 권, 이번에야말로 어찌 보면 클라이맥스……라고도 할 수 있는 7권에서 다시 뵙겠습니다.

2014년, 여름 마루토 후미아키

■ 역자 후기

안녕하십니까. 근로청년 번역가 이승원입니다.

『시원찮은 그녀를 위한 육성방법』 FD, 팬디스크를 구매해 주셔서 진심으로 감사드립니다.

그리고 죄송합니다만, 이번 역자 후기는 짧막하게 쓸까 합니다.

모정령 공략 라이트노벨(?)의 역자 후기를 보신 분은 알 고 계시겠지만, 제가 3월에 38시간 동안 배를 탄 이후로 멀 미를 심하게 하게 되었습니다.

어느 정도냐면 누워서 책만 보고 있어도 눈앞이 빙글빙 글 돌 정도입니다.

처음에는 단순한 육지멀미(?)인 줄 알았는데 몇 주가 지 나도 낫지 않아 결국 병원을 다니고 있는 신세입니다.

독자 여러분의 양해 부탁드립니다.

특히, 『시원찮은 그녀』 역자의 멋대로 미소녀 게임 토크 시리즈를 기대해주신 독자 여러분들(기, 기대해주시는 분 들이 진짜로 이 세상에 존재하는지는 저도 모르겠습니다만

^^)께는 진심으로 사과드립니다!(넙죽)

실은 배안에서 "시원그녀" 역자후기에서 다룰 예정인 어떤 게임을 휴대용 게임기로 클리어했습니다만, 설마 제 컨디션 난조로 다루지 못하게 될 거라고는 꿈에도 생각하지 못했습니다.

모 성배 쟁탈 미소녀게임(?)의 파생작이자, 달을 무대로 펼쳐지는 마스터와 서번트의 러브러브&백합백합&게이게이(어이)한 그 RPG게임을 이번에야말로 다루고 싶었는데……!

……예? 그건 미소녀게임이 아니라고요? 그, 그 점은 독자 여러분의 넓은 아량에 매달려서 무마할 예정이었다고나 할까요, AHAHA.

시리즈 1탄을 각 서번트로 3회차 플레이하고, 시리즈 2탄을 적밥(?)으로 2회차 플레이하면서 서번트 엔딩과 진엔딩을 보느라 투자한 시간이 장장…… 아, 이걸 밝혔다간 삐야 님에게 맞아죽을 것 같군요.

언젠가 기회가 된다면 꼭 이야기해보고 싶습니다!

그럼 이만 줄이겠습니다.

이 작품을 저에게 맡겨주신 삐야 님과 L노벨 편집부 여러분. 재미있는 작품을 맡겨주셔서 감사합니다. 이번 단편집도 최고였어요!

치맥과 피맥 중 무엇이 진리인지 탐구해보자면서 모인 악우들이여. 왜 그 탐구를 내 작업방에서 해야 하는 것이더냐 아아아아~!

마지막으로 언제나 제게 버팀목이 되어주시는 어머니와 『시원찮은 그녀를 위한 육성방법』을 읽어주신 모든 분들에게 진심으로 감사드립니다.

반전에 반전이 연속되는(?) 7권 역자 후기 코너에서 다시 뵙겠습니다!

2015년 4월 중순
역자 이승원 올림

시원찮은 그녀를 위한 육성방법 FD

1판 1쇄 발행 2015년 5월 10일
1판 5쇄 발행 2017년 12월 22일

지은이_ Fumiaki Maruto
일러스트_ Kurehito Misaki
옮긴이_ 이승원

발행인_ 신현호
편집국장_ 김은주
편집진행_ 최은진 · 김기준 · 김승신 · 원현선 · 김솔함 · 권세라
편집디자인_ 양우연
국제업무_ 정아라 · 고금비
관리 · 영업_ 김민원 · 이주형 · 조인희

펴낸곳_ (주)디앤씨미디어
등록_ 2002년 4월 25일 제20-260호
주소_ 서울시 구로구 디지털로 26길 111 JnK디지털타워 503호
전화_ 02-333-2513(대표)
팩시밀리_ 02-333-2514
이메일_ lnovel.admin@gmail.com
ㄴ노벨 공식 카페_ http://cafe.naver.com/lnovel11

원제 Saenai heroine no sodate-kata. FD
ⓒFumiaki Maruto, Kurehito Misaki 2014
Edited by FUJIMISHOBO
First published in Japan in 2014 by KADOKAWA CORPORATION, Tokyo.
Korean translation rights arranged with KADOKAWA CORPORATION, Tokyo.

ISBN 978-89-267-9912-3 04830
ISBN 978-89-267-9771-6 (세트)

값 6,800원

여기에서 탈출하고 싶다면 서로 사랑하라 1권

타케이 토카 지음 | 카레이 일러스트 | 이은혜 옮김

하렘 건설이 소원인 고등학생 코엔지 유마는 어느 날 수수께끼의
고양이귀 반우주복 소녀에 의해 낯익은 소녀들과 함께 학교에 갇히게 된다.
혼란해하는 그들에게 범인인 소녀가 알려준 단 하나의 탈출방법─
그건 바로「서로 사랑하기」?!
거대한 밀실로 변한 학교에서 탈출하기 위해 소년소녀들은
「서로 사랑하기로 결심했다! ……그랬는데,
그들은 어찌할 도리가 없는 연애 초보였다?!

타케이 토카가 그리는 밀실연애로얄, 지금 개막!!

온라인 게임의 신부는 여자아이가 아니라고 생각한 거야? 1~3권

키네코 시바이 지음 | Hisasi 일러스트 | 이경인 옮김

온라인 게임의 여자 캐릭터에게 고백!
→ 아깝네요! 실제로는 남자였답니다☆

그런 흑역사를 감추고 있는 소년 · 히데키는 어느 날 게임 안에서
한 여자 캐릭터에게 고백을 받는다. 설마 그 흑역사가 다시금 반복되는 것인가?!
그렇게 생각했으나, 게임 안에서 내 「신부」가 된 아코 = 타마키 아코는
정말로 미소녀에, 현실과 가상세계를 구분하지 못한……다고……?!
"안녕, 루시안!"이라니, 하, 하지 마! 창피하니까 캐릭터명으로 부르지 마!
다른 사람들 앞에서도 게임 캐릭터명으로 부르며 게임 속 남편에게 착 달라붙는 아코.
히데키는 너무나도 유감스럽고 위험한 아코를 「갱생」하기 위해
길드의 동료들(※단, 다들 미소녀)과 함께 움직이는데―.

**유감스러우면서도 즐거운 일상 늑
온라인 게임 라이프가 시작된다!**